무림맹 무사가 되었다

DECA MEDIA

무림맹 무사가 되었다 1

초판 1쇄 2025년 11월 25일

지은이 자소담 · **발행인** 김정수 · **고문** 이종주
발행처 데카미디어 · **출판등록** 2025년 4월 17일
주소 서울시 영등포구 당산로 214 · **E-mail** tradejjang0@gmail.com
유통 · 판매 관리 (주)행운사 · **Tel** (031)901-1137 · **FAX** (031)901-4140
E-mail luckybogo222@naver.com · luckybogo222@daum.net

ISBN 979-11-7513-081-4 (1권)
ISBN 979-11-7513-080-7 04810 (세트)

무림맹 무사가 되었다

자소담 신무협 장편소설 *1*

차 례

차 례

철방을 넘기다

만월이 가득한 밤.

철방에 딸린 마당에는 공기를 가르는 파공음이 가득했다.

아홉 번의 연타가 허공에 새겨지더니, 이내 발이 떠올랐다. 연운구권과 쌍을 이루는 회선각이었다.

내지르는 권과 휘돌아 차는 각법의 조화.

그곳에 적절한 속도와 타격의 정확성까지 더하니, 연무의 동선은 꽤나 아름다웠다.

"휴우."

호흡을 가다듬으며 이한은 투로의 끝을 밟고 섰다.

시선이 주위를 향했다.

철방 건물들 곳곳에서 꽤 흐른 세월의 흔적이 보였다. 며칠 내로 이곳을 비워 줘야 한다. 시원할 것 같던 본래의 심정과 달리 뭔가 착잡한 느낌이었다.

그런 사람이 또 있나 보다! 철방의 작업장에 불빛이 새어 나왔다.

와당철방!

이곳 진성현 일대에서 손꼽히는 철방답게 커다란 철판에 예서체로 쓴 멋진 현판이 걸려 있었다. 이한은 두터운 작업장의 문을 밀고 들어섰다.

"어! 아저씨."

철방의 작업장 안, 불 꺼진 화로 앞에서 조용히 풀무를 돌려 보고 있는 중년인이 있었다.

"그냥 좀 앉았다 가려고 했는데, 방해를 했구나."

"방해는요 뭘. 저도 심란해서 몸이나 움직이면 나을까 했습니다."

"음."

"미안합니다. 아저씨."

말없이 풀무를 쓰다듬고 있는 하연수를 물끄러미 바라보다가 이한이 불쑥 말했다.

"녀석 참! 조장에게는 미안하지만, 어쩔 수 없다는 건 나도 안다. 따지고 보면 청산방 산하에 들어가더라도 하는 일이야 달라지겠냐? 철 덩어리 만지는 게 어차피 일상인 것을."

이한의 아버지 이광과 무림맹에서 생사고락을 함께한 하연수였다.

마교와의 전투에서 부상을 당하자 이곳으로 같이 와, 이광 집안의 가업이었던 철방을 함께 일으켜 세웠다. 아쉬움으로 치면 이한보다 더 할 것이다.

무림맹에서 돌아온 이광의 노력으로 와당철방의 명성이 급격히 높아지자, 산서지역의 패자로 급성장한 청산방에서 관심을 갖기 시작했다.

자체적으로 철방이 있었지만, 팽창해 가는 세력의 수요를 맞추기에는 역부족이었다. 철방의 기술이라는 것이 하루아침에 얻어지는 것이 아니어서, 와당철방의 정교한 기술은 군침을 흘릴 만했다.

마침 무림맹과 연줄이 강하던 이광이 죽자, 본격적으로 와당철방을 흡수하기 위한 물밑작업을 해 댔다.

이한은 결국 철방을 넘기기로 했다.

이리저리 압박해오는 청산방도 청산방이지만, 철방 일에 썩 정을 붙이지 못한 탓도 있었다. 결정적으로 미래를 철방에 걸고 싶지는 않았다. 매일 철을 두드리는 일상을 보고 자란 탓일 거다.

슬렁슬렁 운영해서 될 문제도 아니었다. 잠시 등한시했더니, 실적이 급격히 떨어지는 것이 눈으로 보였다. 철방 식구들의 생계가 걱정될 정도였다.

"쿨럭쿨럭."

"요즘 들어 기침이 더 심해지네요."

“괜찮다. 하루 이틀도 아니고. 훨씬 심했던 조장도 십 년을 넘게 버텼잖아. 나 정도면 앞으로 수십 년은 더 살아야 조장 볼 낯이 있지.”

하연수는 꺾었던 허리를 펴며 가슴을 문질렀다. 미간이 살짝 떨리는 것이 아직 고통의 잔상이 남은 것 같았다.

무림맹에서의 부상이 문제였다. 가슴에서 단전으로 이어지는 긴 상처는 아물었지만, 단전을 건드린 마기는 가끔씩 일상생활도 어렵게 할 때가 있었다.

잔혈마기라 했던가! 이한의 아버지 이광도 그 마기에 시달렸었다.

“한 일이 년 기술만 어지간히 전수하고 나도 은퇴를 해야지. 헌데 네 결심은 여전한 거냐?”

“무림맹이요? 예.”

“마교와의 전쟁은 지옥이었다. 아직도 자다가 놀라서 깰 때가 있으니. 네가 그 길을 가는 건 좀… 쿨럭! 지금이 아무리 평화로운 시기라 해도, 무림에 몸담는 것은 쉬이 생각할 일은 아니다.”

“너무 걱정 마세요. 그나저나 내일 계약하는데, 같이 가시기는 어렵죠?”

급히 말을 돌리는 이한을 보며 하연수는 고개를 저었다.

"청산방과의 계약이 무사히 끝났다니 한시름 놓았다만, 그 추천서라는 게 무엇이냐? 무림맹과 관련이 있다며?"

포쾌들이 기웃거리더니 그새 보고를 한 모양이다.

이한의 숙부인 이도정.

이곳 진성현의 이인자인 현승의 지위에 있었다. 주인의 성정을 닮아서인지, 아담하고 소박한 집무실이었다.

"추천서가 뭐냐니까?"

이도정이 잠시 멈칫하는 이한을 예리하게 살피고 있었다.

무림맹 수련 무사 추천서!

일반인이 무림맹 무사가 되기 위해서는, 맹을 설립한 정파 백 대 세력의 추천서나 직할 지부에서 발행하는 추천서가 필수였다. 청산방이 백 대 세력은 아니나, 산서에서 무림맹 지부 역할을 한다는 이유로 일 년에 한두 장씩 배정이 되었다.

이한은 철방을 넘기면서 청산방에 철방 대금과는 별도로 그 추천서를 요구한 것이다.

'후우.'

일단 속으로 심호흡을 했다. 어차피 닥칠 일이었다.

"이번 단오절에 무림맹에서 수련 무사를 뽑는다고 해서, 저도 지원을 할까 합니다."

"수련… 뭐?"

이도정은 맹랑하게 말하는 조카를 물끄러미 바라보았다.

일단 어이가 없었다.

어릴 적부터 고집이라면 제 아비를 닮아 한 고집하긴 했다. 하지만 총명함도 있어 기대도 많이 된 아이다.

얼마 전 저 녀석이 다닌 학관의 학관장이 호언장담하지 않았던가!

이삼 년만 더 학문에 정진하면 황도에서의 전시도 충분히 승산이 있다고. 그리고 근 십 년 만에 현에서 배출한 거인(擧人)에다, 앞날까지 탄탄대로니 미리 잘 부탁한다고.

그런데 무림맹!

그놈의 무림맹이 제 아비를 데려가 집안을 풍비박산 내더니, 이제 그 아들놈까지.

이도정은 조금씩 떨려 오는 손을 내리누르고, 최대한 자제를 했다.

"시험 준비 하기가 많이 힘들지? 게다가 철방 문제로 고민도 많았을 거고. 이 숙부가 많은 힘이 돼 주지 못해 미안하구나."

이도정이 아무리 표정관리를 했어도, 언제 터질지 모를 긴박함은 그대로 드러났다.

이한도 각오를 하고 있던 참이었다.

"철방이 비록 형님이 애쓰셔서 일으킨 사업이기는 해도,

네가 운영하기에는 어차피 무리가 있었지 않느냐? 그간 청산방과의 불미스런 일들은 묻어 두고 학업에 전념하도록 해라. 고위관리가 되면 그깟 청산방쯤이야. 굽힐 때 굽힐 수 있는 것도 용기이니라."

"청산방 때문이 아닙니다."

"…하면?"

"철방도 이제는 넘어갔고, 장사도 적성에 안 맞고, 농사는 더더욱 그렇고요. 학문도 이제 시들하고. 저도 제 앞가림은 해야지요. 그래서 무림맹에서 커 보고 싶은 것뿐입니다."

"그러니까, 잘하고 있던 학문이 왜 시들… 너 혹시 요즘도 그 진가 노인을 찾아가는 것이 더냐?"

"스승님과도 관계없는 일입니다."

"스승은 무슨! 그런 이상한 학설이나 주장하는 자와는 상종을 말라 했거늘."

이한이 스승이라 칭하는 진 노인.

원래 촉망받는 한림원 학사였다가, 기진과 풍수라는 이학에 빠져 업무를 등한시한다는 탄핵을 받고 파면을 당했다 한다.

이후엔 한평생을 뛰어난 기문진학자나 풍수가를 만나러 세상을 떠돌다가, 말년에서야 이곳 현에 작은 서점을 내고 정착한 인물이었다.

그러니 이도정은 이한이 진 노인과 만나는 것을 아주 싫어했다.

“스승님과 관계없는 일이라고 했습니다. 숙부님.”

대부분은 고분고분한 이한이지만, 진 노인에 관해서는 아주 칼같이 선을 그었다. 이미 여러 번 충돌이 있었던지라, 이도정도 한 발 물러섰다.

“쯧쯧.”

못마땅하기는 하지만, 지금은 설득이 중요하니.

“청산방이나 무림맹이나, 놈들은 힘으로 모든 것을 해결하려는 무뢰배들인 게야. 그곳에서 군사(軍師) 짓을 할 바에야 몇 년 고생해서 관리가 되는 것이 훨씬 낫다.”

“아! 군사가 아니라 무사로 지원할 겁니다.”

“…뭐?”

“무사로 지원한다고요.”

이도정은 내리누르고 있던 손을 천천히 벼루 위에 올려놓았다. 그렇지 않아도 위태위태하던 목소리가 급격히 높아졌다.

“군사도 아니고 무사? 네가 무공을 익히는 것조차 형님이 그렇게 반대하셨는데, 무사라고!”

사실 그렇기는 했다.

이광은 아들에게 자신의 무공을 전하는 것에 극히 소극적이었다.

아마도 무림맹에서의 좌절 때문이 아닌가 했다. 하지만

이한이 보이는 곳에서나마 착실히 학문에 전념한 탓에 그냥저냥 넘어가기는 했다.

"숙부님의 걱정은 알고 있지만, 관리로서의 삶이 제게는 맞지 않는 것 같습니다. 도저히 마음이 가지 않습니다."

"이놈! 어떻게 해 보지도 않고. 아무리 철이 없어도 그렇지."

"뭐라고 하셔도 제 결심은 변하지 않을 겁니다."

퍼벅—

결국 손아귀의 벼루가 책상을 내리치며 부셔졌다. 이도정의 손이 더욱 부들거렸다.

"…하아아."

하지만 요지부동으로 앉아있는 이한의 표정을 보며, 결국 한숨을 내쉬었다.

천단경

진성현의 서쪽 외곽을 빠져나가면 구화산 자락이 나온다. 막 피어난 새싹으로 연녹빛이 가득했다.

작은 개울을 비켜선 곳에 새워진 아담한 초옥이 멀리로 보였다. 그 주위로 쭉 뻗어 올라간 소나무 군락과 바위들이 조화를 이루며 흩어져 있었다.

이한은 익숙하게 초옥으로 향하다 갑자기 걸음을 멈췄다.

'이런! 미몽환진(迷夢幻陳)이 아니다.'

초옥을 찾을 때마다 한바탕 진땀을 흘려야 했다. 초옥의 주인인 진 노인은 항상 이한이 배운 것에서 조금 발전한 뭔가를 더해 놓곤 했다.

예전에 배운 미몽진에다 환영진만 섞어 놓은 줄 알았는데, 그것과는 다른 이질적인 것이 더 있었다.

소나무들과 바위들, 그 사이의 잡목까지 세세히 살피던

이한이 쪼그려 앉았다. 땅바닥에 종횡으로 선들을 긋고 지우기를 여러 번 했다.

"흐흡."

심호흡 후에 숨을 멈추며, 조심스럽게 진 속으로 발을 디뎌 갔다.

똑바로 세 걸음에 비스듬하게 한걸음.

예상대로 아찔한 낭떠러지나 정신을 몽롱하게 하는 공간의 이지러짐이 나타나지 않았다. 대신 살이 따가울 정도로 아픈 살기가 찔러 왔다.

연혼살진(連混殺陳)이다!

그런데 뭐지?

진의 겉 형태와 실제를 다르게 만드는 이것은?

미몽환진으로 알고 진 중앙으로 똑바로 걸었으면, 중첩되는 살기로 전신이 갈라지는 고통에 빠졌을 것이다. 주변부에서도 이렇게 따가울 정도인데.

이한은 두세 걸음 후에 다시 비스듬하게 걷는 방식으로 진을 헤쳐 나가기 시작했다. 그러다 순간, 내디디려던 발을 내려놓지 못했다.

이 느낌!

뭔가 위험했다. 진 노인의 말로는 선천적으로 많은 선기(仙氣)를 타고난 이들이 종종 보이는 예지능력이라 했다.

선천적 감응력이었다.

경험상으로도 이럴 때는 절대적으로 자신의 본능을 믿어야 한다.

이한은 잠시 망설이다가 왼쪽의 사선에서 오른쪽으로 비스듬하게 방향을 바꾸어 발을 내려놓았다.

"후우!"

진에 변화를 주지 않았다는 확신이 들자, 절로 안도의 한숨이 나왔다. 뭔지 모르지만 오늘은 좀 위험했다.

엉성한 담장에는 아직 찬 기운이 스치지만, 그나마 초옥 앞은 볕이 따듯했다.

진 노인은 이한이 좀 더 잘 보이도록, 낡은 문사의를 제치며 자세를 고쳐 앉았다. 이마에 난 굵은 주름살과 얼굴의 검버섯이 오랜 연륜을 짐작게 했다.

"허, 그놈 참! 자만심을 경계하라고 역살(易殺)을 넣어 뒀더니, 그것마저 피하네."

두 사람이 처음 만난 곳은 이곳 진성현에 있는 유일한 고서점인 진(眞)고서점이었다. 어린 나이에 주역집해를 뒤적이는 이한이 기특해 몇 마디 나누다가 그 재질에 반해 버렸다.

몇 년을 가르치다 보니 욕심이 생겨, 아예 서점의 운영까지 다른 사람에게 맡겼다. 그만큼 이한에게 자신의 공부를 전하는 게 유일한 낙이었다.

소나무 군락에 설치해 놓은 진 때문에 많이 지체한 이한이 서둘러 들어섰다. 들고 온 포대를 처마자락에 놓고 진 노인에게 다가갔다.

"스승님! 오늘은 좀 어렵던데요. 연혼살진에 섞어 놓은 게?"

"반혈기(反穴氣)란 녀석이지. 진의 실체와 허체를 바꾸는 녀석이라 꽤 유용해. 네가 미몽환진이라고 생각했지만, 실체는 연혼살진인 것처럼 말이야."

"아!"

역시 기문진의 영역은 과신할 것이 아니다. 파고 파도 미지의 세계는 항상 있었다.

"그나저나 역살은 감지하기가 쉽지 않았을 터인데?"

"역살요? 그럼 간 방위에 있던 그것이?"

"허허허. 선기의 덕을 봤구나. 앞으로도 그렇게 네 자신을 믿어라. 하늘이 주신 복이니. 들어가자. 역살과 반혈기가 좀 복잡해서 설명할 것이 많다."

기문진에 대한 설명은 밤이 이슥해서야 끝났다. 이제 시간이 별로 없으니 진 노인도 좀 무리를 했다.

기문진과 기관학은 사실 끝이 없었다. 자신도 평생을 공부했어도 모르는 것이 있으니. 그래도 알고 있는 것 하나라도 더 알려 주고 싶은 것이다.

두 사람이 저녁나절 내내 그려 놓은 종이들이 꽤 되었다. 이한은 일일이 한 장씩 살펴 가며 모으고 있었다.

"대충 정리했으면 이리 오너라. 차가 다 식겠다."

이한은 모은 종이들을 뭉치로 만들어 놓고, 진 노인의 맞은편에 앉았다.

"무림맹의 선발 시험이 단오절이라고?"

"예."

"호오! 아직 시간은 좀 남았구나. 내려가지 말고 한동안 여기서 지내 거라. 이 기회에 배웠던 것들을 한번 정리해 보자. 그나저나 네 숙부가 걱정이 많겠구나."

사실 요즘 들어 이한에게 세상 돌아가는 이치를 설명하면서, 넓은 곳으로 나가 많은 경험을 해 봐야 한다고 은근히 부추기는 중이었다. 이한의 등과를 확신하고 있는 이도정을 생각하면 미안한 감정이 있었다.

"아직 허락을 못 얻었습니다."

이한의 걱정스런 표정에 진 노인이 빙긋이 웃었다.

잠룡의 기운이 강한 아이다. 본능적으로 풍운을 찾아 움직이려 하는 게 자연스럽다. 그리고 한번 내린 결정을 쉽게 바꾸지 않는 이한의 성격상, 결국 이도정이 포기할 수밖에 없을 것이다.

"나도 네가 무림맹으로 가겠다는 말을 했을 때 조금 당황했다. 평생을 진득하게 학문에 몰입할 성정이 아니란 걸 아니, 곧 수긍은 했다만. 허허허, 네 숙부는 오죽하겠느냐? 시간이 해결해 줄 거다."

"그랬으면 좋겠습니다."

"그런데 천단공(天丹功) 수련에는 별 이상이 없느냐?"

진 노인은 무림맹이라 하니 갑자기 생각난 모양이었다.

"얼마 전부터 기를 받아들이는 대혈이 점점 늘더니, 그 힘을 권에 실을 수 있게 되었습니다."

천단공을 수련한 지 얼마 되지 않은 것 같은데, 벌써 기의 수발이 그 정도까지! 무공에는 거의 무관심인 진 노인도 그것이 굉장히 빠른 진전이라는 정도는 알았다.

"흠, 지금부터가 문제군. 기본공의 단계에서야 부작용 걱정은 없다만. 출처도 불분명하고 워낙 상리에서 벗어난 것이어서 수련에 조심해야 한다. 잠혈(潛穴)에 대한 공부를 충분히 하고 접근하도록 해라."

진 노인의 표정이 아주 신중해졌다.

젊은 시절, 천하 유림의 이단아로 불리던 구양(九陽) 왕유문이 만든 구양학파의 문하에서 수학한 적이 있었다.

수많은 학자들이 드나들면서 자유롭게 연구할 수 있는 곳으로도 유명했지만, 희귀 고서적들이 쌓여 있는 천서고(天書庫)는 더 유명했다.

그곳에서 발견한 백여 장의 새하얀 종이들.

진 노인도 잊고 방치해 둔 것을 이한이 우연히 찾아서 천단경이라 이름을 붙였다.

그것이 내공 수련법이라는 것은 알았으나, 정통적인 방

식은 아니었다. 이한이 그걸 익히겠다고 했을 때부터 들던 우려는 지금도 여전했다.

"너무 걱정하지 마십시오. 스승님! 터무니없이 허무맹랑한 것은 아닙니다. 처음에는 진전이 너무 느려서 의구심이 있었지만, 익히면 익힐수록 확신이 생깁니다."

아버지 눈을 피해 연운구권과 혈전도를 익힐 때만 해도 무공이 좋았을 뿐이었다. 하지만 천단공을 익히면서 조금 욕심이 생겼다.

혈들로 쏟아져 들어오던 기운과 그것을 권과 도에 실어낼 수 있었을 때의 희열은 지금도 잊혀지지 않는다.

무림맹에 도전하는 무모한 생각도, 어쩌면 천단공이 있어 가능했을 것이다.

진 노인이 자리에 들자 이한은 도를 들고 나왔다.

아직 구화산에서 내려오는 산바람은 여전히 차가웠다. 연운구권과 회선각으로 충분히 몸을 푼 이한은 도를 잡았다.

쉭— 쉬익—

얕은 개울의 좁은 물길을 따라 흐르던, 조르륵거리던 선명한 물소리가 도의 파공음에 묻혀 버렸다.

희미한 달빛 속에 흐르는 도의 움직임은 아주 간결하고

깔끔했다.

수많은 실전이 가미된 혈전도(血戰刀)의 특징이었다. 수련의 절대적인 시간이 부족해, 아직 권각보다 익숙한 느낌은 아니어도 휙휙 뻗어가는 도기가 날카로웠다.

한 발 한 발 분명하게 내딛는 걸음과 확실하게 가르고 잘라 가다 보니, 어느새 공터 대부분에 보법의 흔적으로 자욱했다.

"후우."

긴 숨과 더불어 온몸을 완전히 개방한다는 느낌으로 버티고 섰다.

천단공은 단전에 내공을 모으는 대신, 전신의 혈로 자연기를 받아들여야 한다. 머리끝의 백회혈부터 발바닥의 용천혈까지, 살랑살랑 간질거리는 기운들이 조금씩이나마 밀려들었다.

쉬익—

번뜩이는 도광이 이전과는 확연히 다른 기세였다. 더 빠르고 신랄하고 묵직해졌다.

천지에 산재해 있는 자연기를 받아들일 혈을 키우는 것이 목표인 천단공이었다.

대혈은 물론이고 숨어있는 잠혈까지 이용해야 한다고 되어 있지만, 이한은 이제 삼백육십 개의 대혈만 활성화한 상태였다.

천단공에 이제 입문을 한 것이다.

정갈하게 자리 잡은 세 칸의 초옥.

이한의 조부인 이천이 와당촌에 정착하면서 처음으로 지은 집이었다. 오래된 세월에 따라 여기저기 손볼 곳이 많을 정도로 낡았지만, 틈틈이 관리를 해서 깨끗했다.

마당으로 나와 한 바퀴 빙 돌았다.

철방을 넘기면서 가산들도 대부분 정리했다. 매각을 하거나 하연수에게 일부 맡기기도 하고. 하지만 이 집만은 남겨 뒀다.

이곳은 이한이 기억하는 대부분의 터전이었다.

저 주춧돌은 아버지가 도와 혈전도의 책자를 숨겨 놓았던 곳이다. 그걸 파내면서 얼마나 떨었던지. 지금 생각하면 알고 계셨으면서 모른 척했던 것 같다.

특히 이 마당은 무공에 대한 열망을 키워 준 곳이기도 했다.

긴 그림자를 이리저리 끌며 마당을 가득 채웠던 아버지!

처음은 항상 조용히 주먹을 뻗어 내셨다.

억눌렸던 뭔가를 끌어내는 것같이 찬찬하더니 점점 격렬해져 갔다. 결국엔 허공에 주먹이 푹푹 박혀 드는 착각이 들게 권을 내지르셨다.

공간이 고통으로 흔들리는 것 같던 그 강렬함!

어떻게 하는 거지?

도검을 일상으로 대하니 철방 식구들도 간단한 무공은 할 줄 알았다. 아침마다 그들 사이에 끼여 곁눈질로 흉내를 내던 아이였다.

그런 신기하면서도 격한 움직임은 충격이자 신천지였다. 이후 십 년이 넘도록 그 강렬했던 움직임을 닮아 가려 노력했다.

연운구권(連雲九拳)과 회선각(回旋脚)이 혈전도보다 몇 배는 더 시간을 들였던 이유기도 했다.

추억에 잠겨 마당을 몇 바퀴나 돌다가, 무림맹으로 갈 마지막 준비를 위해 안으로 들었다.

먼저 백여 장에 가까운 재질을 알 수 없는 새하얀 종이들을 훑어보다가, 조심스럽게 갈무리해서 보퉁이 한쪽에 잘 밀어 넣었다.

〈혈전도(血戰刀)〉라는 제목의 낡은 책자를 그 위에 놓았다.

혈전도! 아버지의 별호기도 했다.

마교와의 전쟁에서 늘 앞장서 적을 맞았던 용호전대 조장들 중에서도 특히 상관의 신임이 깊었다고 들었다.

그만큼 격렬한 전투에 많이 투입되었고, 어렵다던 곳에서도 꾸역꾸역 살아서 돌아왔다.

잔마(殘魔)라는 마교의 고수만 만나지 않았다면, 지금쯤 맹의 중견 간부는 되어 있었을 거라고 아저씨는 항상 아쉬워했다.

혈전도는 그런 아버지의 독문무공이었다.

절세의 도법이라고는 못해도, 오랫동안 다듬고 다듬어 책자에는 첨삭의 기록이 빽빽하다. 읽고 또 읽고 있는 실전의 기록들이었다.

아무튼 대충 생각나는 대로 짐을 꾸리고 나니 이제 마지막. 낡았지만 예기가 살아 있는 직도를 꺼내 보퉁이에 기대 놓았다.

이로써 무림맹으로 떠날 준비는 모두 마쳤다.

무림맹 수련 무사

이른 아침의 마(馬) 시장은 아무래도 한산했다.

목책들 사이의 말들도 건초를 우물거리거나, 아예 배를 깔고 엎드린 녀석도 있었다.

“어서 오시오. 말 보러 오셨소?”

이한이 말들을 기웃거리자 눈치를 보던 중년인이 재빨리 다가왔다.

“이 말은 팔고, 좀 튼튼한 놈으로 바꾸려고요.”

“어디 좀 봅시다. 이런, 앞다리에 염증이 생긴 모양이네. 그러니 다리를 이렇게 절지.”

중년인은 이한의 말을 살피더니 금방 증상을 찾아냈다.

무림맹이 있는 하남으로 넘어오면서 말이 계속 불편해했다. 결국 마 시장을 찾을 수밖에 없었다. 이곳 정주는 하남의 성도라 마 시장의 규모도 상당했다.

“보시오. 몸체와 사지의 균형이 딱 잡힌 것이 좋아 보이지요? 살짝 누운 발목 하며, 이 튼튼한 아래턱을 보면 아까의 말과 확 비교가 되잖소.”

“아무래도 나이가 좀 많은 것 같은데요.”

먼 길을 왔는지 추레한 느낌의 옷차림이었다. 그래도 좀 있어 보이고, 나이도 어린 것이 봉 잡았다는 생각이 들었다.

허리에 걸린 도가 조금 꺼림칙 하다 했더니, 까다로운 눈이 더 문제였다. 몇 마리째 퇴짜였다.

아무래도 뒤편의 괜찮은 놈으로 보여 줘야 할 것 같았다.

그래도 이번까지는 해 보고!

“어허, 무슨 소리! 허헉…!”

말의 고삐를 잡고, 몇 걸음 걷기며 설명을 하던 중년인이 급히 물러섰다.

시커먼 그림자가 목책들을 밟고 뛰어넘어, 말 등에 내려앉더니 고삐를 홱 잡아챘다. 순식간의 일이라 이한조차 손 쓸 틈이 없었다.

부상을 당했는지 몸놀림이 상당히 불안정했다. 하지만 건장한 체구와 기형적으로 긴 도가 상당히 위압적이었다.

이한을 힐끗 보며 뭐라고 한 것 같은데, 아마도 조심하라는 말 같았다.

“이랏.”

박차가 가해지면서 말이 발작을 하며 달려 나갔다. 한순간 멍해 있는 사이에 말은 벌써 마 시장의 모퉁이를 돌아 나가고 있었다.

"도, 도둑··· 흡!"

이한에게 입이 막힌 중년인은 급히 바닥으로 끌어당겨졌다. 목책 아래로 바싹 엎드렸다.

쫓기는 사내의 입 모양을 보고 기감을 퍼뜨렸다가, 수상한 기운을 금방 감지했다.

휘휙—

십여 명의 검은 복면인들이 머리 위를 지났다. 몇 곳에서 비명 소리가 들리더니 말발굽 소리가 요란하게 들렸다.

조용하던 마 시장이 갑자기 혼란에 빠졌다.

'무림맹 표식 같았어!'

쫓기는 사내의 왼쪽 가슴에 그려져 있던 둥근 원 속의 글자가 맹(盟)자로 보였다. 주의를 준 것을 보면 그렇게 나쁜 사람은 아닌 것 같고.

호기심이 생겼지만, 무슨 일인지 모를 위험한 일에 낄 수는 없었다.

아직도 목책에 바싹 엎드린 중년인을 일으켜 세웠다. 그제야 중년인은 비명이 난 곳으로 허둥지둥 달렸다.

아무래도 말을 사려면 좀 기다려야 할 것 같았다.

"소면이오."

이한은 늦은 점심에야 우곡령 아래 간이주점에 도착했다.

주인은 소면을 급히 놓고, 고개를 넘어온 사람들이 우르르 몰려오는 곳으로 뛰었다.

"이쪽으로, 이쪽. 헤헤. 시원하게 한잔들 하고 가시오."

이한이 앉은 야외 천막까지 순식간에 사람이 다 차니, 금방 시끌시끌해졌다.

"그래도 옛날보다는 많이 좋아졌어. 여기 산적들 악명이 자자했지. 수십 명씩 모여서, 그것도 하루에 한 번씩만 고개를 넘었다니까. 그 보표 값도 무시 못 했고."

"이 고개에 보표도 있었어요?"

"그럼. 돈 받고 고개 넘는 사람들 지켜 주는 칼잡이들 꽤 있었어. 주로 낭인들이었지."

"보표가 필요하긴 해요. 아까 그 무지막지한 놈들 봐요. 시커먼 복면에다가, 갑자기 확 나타나서는… 어휴! 그 젊은 협사님 아니었으면 생각만 해도… 그런데 괜찮으실까요?"

"그러게. 무사했으면 좋겠구만."

이한은 시원하게 국물을 들이켜다가 뒤를 돌아봤다. 두툼한 짐들을 옆에 둔 등짐장수들이었다.

직감적으로 마 시장의 그 복면인들이 떠올랐다.

그런데 젊은 협사?

이한은 그 젊은 협사를 만나는데 많은 시간이 걸리지 않았다.

산중에서 노숙을 해야 할지 모를 어중간한 시간대라 서둘러 출발했다.

하지만 우곡령의 고갯마루를 넘어 막 내려가다가 말을 세울 수밖에 없었다.

챙— 채쟁—

검들이 부딪치는 충격음!

관도에서 조금 들어간 숲에서 나는 소리였다. 길옆에 복면인 하나가 쓰러져 있기도 했다. 잠시 망설이던 이한은 결국 가보기로 했다.

복면인의 시체가 연이어 나타났다.

숲의 작은 공터에 복면인과 아담한 체구의 인물이 검을 들고 치열한 격전을 벌이고 있었다.

뒤쪽의 나무둥치에 기대어 있는 사람도 보였다.

마 시장에서 쫓기던 사내가 맞았다.

온통 근육질의 건장한 체구에 가슴에 새겨진 무림맹 표식과 의식을 잃은 상태에서도 꼭 쥐고 있는 긴 기형의 도.

생각했던 것보다 훨씬 젊었다. 이한 자신과 비슷한 또래?

이한은 그쪽으로 조금씩 다가가기 시작했다.

챙—

격한 충격음이 다시 들리며 싸우던 두 사람이 확 떨어졌다.

누구인지 몰라도 약한 신음 소리도 들렸다. 이한의 시선이 다시 공터 중간으로 향했다. 복면인이 조금 휘청하고 있었다.

아담한 체구의 인물도 무사하지는 않았다. 대나무로 잘 엮은 죽립은 찢어져 있고, 숨소리는 거칠었다.

남장 여인!

남장을 하고는 있었지만 정체를 감추려는 것이 아니라, 활동을 편하게 하기 위한 것으로 보였다.

선명한 볼우물이 있는 예쁘장한 얼굴을 그대로 드러내고 있는 것을 보면. 하지만 땀과 점점이 묻은 피로 엉망이었다.

치열했던 상황을 잘 보여 주고 있었다.

남장 여인의 검이 다시 날았다.

많이 지쳐 있긴 해도, 마치 흩날리는 꽃잎 속에서 춤을 추는 것 같은 검세에 물 흐르듯 유연한 보법이었다.

"커억."

남장 여인의 시선이 쓰러지는 복면인을 휙 지나, 이한이 숨어있는 숲의 그늘로 향했다.

"저들과 같은 편은 아니오. 지나가다가 소리가 들려서 와 본 겁니다."

이한은 쓸데없는 오해를 피하기 위해 급히 나섰다.

"아!"

긴장한 표정의 남장 여인이 휘청하면서도 연검을 허리에 감았다. 이한의 표정이나 차림이 복면인들과 상당히 달라 조금 안심을 한 모양이었다.

"그런데 저분은?"

"후욱. 아직 살아 있어요."

"내가 좀 봐도 될까요?"

이한은 급히 다가가다가 우뚝 멈췄다.

다섯!

지금까지 쓰러져 있던 복면인은 다섯이었다. 분명 열 명은 훨씬 넘었었는데? 나머지는?

"처음부터 다섯 명밖에 없었습니까?"

"예? 맞아요. 나와는 길에서 시비가 붙었는데, 저 사람은 여기서 공격을 당하고 있었어요."

사연이 어떻게 된 건지는 몰라도 일단 급했다. 선발대거나 아니면 신호를 이미 보냈는지 모른다. 그러고 보니 멀리서 들리는 소리가 말발굽 소리 같기도 했다.

본능적으로 말이 있는 관도로 돌아보다가 포기했다. 이미 늦었다.

"대충이라도 숲을 빠져나간 흔적을 좀 만들어요. 놈들의 일행이 더 있습니다."

무림맹 무사를 들쳐 매고 숲으로 더 들어갔다. 주위를 세밀하게 살피다가 나뭇가지들을 곳곳에 꽂기 시작했다.

어느새 말발굽 소리가 서서히 멎는 것 같더니, 말의 투레질 소리가 들렸다.

"돌 몇 개만 주워 주시오."

급하다 보니 제대로 위치를 잡았는지 확인도 못 하고 돌들을 던졌다. 간단한 변환진이지만, 시간을 꽤 잡아먹었다.

스륵거리는 나뭇가지 스치는 소리가 점점 가까워졌다.

마지막 하나!

툭—

마지막 돌이 던져지면서, 느낌으로는 숲의 공기가 달라진 것 같기는 했다.

하지만 누군가 다가오는 소리도 그대로고, 훤히 보이는 전면의 모습도 그대로였다.

굳어 있는 남장 여인의 시선을 느끼자, 이한은 입술에 손가락을 대고 고개를 끄덕여 줬다.

사실 이한도 긴장하고 있기는 마찬가지였다. 이렇게 급하게 진을 펼친 것은 처음이었다.

역시 마 시장의 복면인들이 맞았다. 조심스레 숲을 헤치며 다가오고 있었다.

이한은 도에 손을 얹고 복면인을 주의 깊게 살폈다. 약간이라도 이상하면 즉시 베어야 했다.

하지만 두리번거리는 것이 진 안을 꿰뚫어 보지는 못하고 있었다.

안도의 한숨이 절로 나왔다.

"이상 없나?"

"이미 빠져나간 것 같습니다."

"젠장. 염 장로가 길길이 날뛰겠군. 이번 의뢰는 처음부터 꼬이더니. 곧 무림맹 영역이다. 그 전에 잡아야 해. 지원 요청 하고 흔적부터 찾아봐."

복면인들이 사라지고도 한참을 굳은 듯이 있다가, 겨우 긴장을 풀었다.

"후우."

이난설이라고 했다.

이한이 무림맹 무사의 상태를 살피는 동안, 주위를 살피고 오더니 세 필의 말을 끌고 왔다. 복면인들이 급하게 떠나면서 말을 건드리지 않아 다행이었다.

무리하게 움직이면 안 될 것 같아 그 자리에서 밤을 보내기로 했다. 의식이 없는 무림맹 무사를 데리고 이동하기도 그렇고.

"웅도요? 철웅방의 소방주 웅도를 말하는 겁니까?"

"그렇다네요."

산동 지방을 황보세가와 양분하고 있는 철웅방의 소방주가 쫓기고 있다니! 더구나 무림맹의 사대 무력단의 하나인 철혈단에서 소패(小覇)로 통한다고 들은 기억이 났다.

이한의 시선이 새삼 웅도를 향했다. 구김살이 전혀 보이지 않는 인상에 지극히 선량하고 호탕해 보였다.

웅도는 잠시 의식이 드는 것 같다가, 다시 정신을 잃고는 했다. 내상도 내상이지만, 독의 영향이 큰 것 같았다.

"하란 나루터로 가야 한다고 했어요."

"흠. 그곳은!"

하란강은 황하의 많은 지류 중 하나지만 넓은 강이었다. 오가는 배가 많으니 나루터도 꽤 컸다.

남쪽으로 가기 위해 당연히 건너야 하는 곳이다. 아니면 많이 둘러 가든가. 여기서 서둘러도 며칠은 걸린다.

문제는 저 몸으로 그곳까지 갈 수 있느냐보다는 복면인들이 당연히 지킬 길목이었다. 하란 나루터로 가야 한다고 했지 뭐가 있을지도 모르고.

"빨리 작은 현이라도 들러서 의원을 찾는 것이 먼저 같은데."

"일단 그렇게라도 해요."

이한이 쉽게 결정을 못 하듯이 이난설도 마찬가지였다.

일단 웅도를 깨우는 것이 먼저였다. 독에 대해 거의 모르니 쉽게 손을 쓸 수 없었다.

웅도 정도의 인물이 깨어나지 못할 정도의 독을 이런 구석의 작은 의원이 알까 싶어도 다른 방법이 없었다.

"혹시 모르니 낮에는 조금씩 이동하고, 주로 밤에 움직입시다. 일단 이거라도 좀 먹어요."

"고마워요. 휴우… 어쩌다 일이 이렇게 됐지? 이러다가 무림맹에 단오절까지 도착할지 모르겠네."

이한이 던져 준 육포를 깨물다가 이난설이 중얼거렸다.

그러게. 수련 무사 선발 때까지 여유가 그렇게 많은 것도 아닌데. 어! 단오절? 무림맹으로 간다고?

"혹시 수련 무사?"

"어? 그쪽도요…? 하하하. 반가워요. 동지가 생겼네."

만나서 처음으로 심각한 표정에서 벗어난 두 사람은 마주보며 웃을 수 있었다. 그제야 정식으로 서로 소개를 했다.

황도 근처 이가장 출신으로, 인근의 오태산에 은거 중인 금선자라는 여기인의 제자라고 했다.

황도에는 무가들이 거의 몰락했다. 그 와중에도 명맥을 잇고 있다는 것은, 일대에서는 꽤 명망이 높다고 봐야 한다. 아니면 관과 특수 관계이거나.

그런 출신치고는 많이 소탈해 보였다.

"아우, 씨. 배고프고, 졸리고."

자기가 들으라는 듯, 졸린 눈을 비비는 부하 놈에게 눈짓을 했다. 그러고 보니 다섯 놈 중에 벌써 둘은 꾸벅꾸벅 졸고 있었다.

다른 곳에 잠복 중인 놈들은 안 봐도 훤했지만, 지금은 어쩔 수가 없으니 일단 참기로 했다.

개방의 허창분타는 요즘도 평화로웠다. 어제와 같은 오늘이 이어졌다.

사결 승진을 바로 눈앞에 둔 삼결 제자 허승에게는 별로 좋지 않았다. 사결로 승진만 하면 분타의 당주 자리 하나는 꿰찰 수 있다. 야심이 가득했다.

하지만 경쟁자보다 실적이 모자란다는 평을 받고 있던 터라 이 평화는 불만이었다.

나름 촉을 발휘해서 열심히 뛰어다니다, 구산의원이 걸렸다. 일대에서는 가장 유명한 의원이었다.

낮부터 환자가 급격히 줄어드는 것이 수상해 직접 들어가 봤다. 평소와 다르게 집요하게 달라붙는 시선에 더러 보이는 새로운 얼굴들.

거의 확신을 했다. 이건 누군가를 기다리는 함정이다. 그래서 기약 없는 감시에 들어간 것이다.

새벽이 되자 허숭 자신도 깜박 졸았나 보다. 서늘한 한기에 퍼뜩 잠에서 깼다. 어느새 희끔한 기운이 들고 있었다.

'헉!'

시커먼 그림자 둘이 의원의 담장을 따라 조심스럽게 이동하고 있었다.

안력을 집중했다.

작은 그림자 뒤로 자신만 한 큰 덩치를 등에 업은 그림자가 보였다. 의원의 문에 걸린 연등에 얼핏 모습이 비춰졌다. 그리고 작은 그림자가 들고 있는 장도!

'소패 웅도다!'

며칠 전 날아온 긴급 전서에 웅도의 실종 소식이 있었다. 뒤이어 철웅방의 협조요청도 있었고. 그림자들은 어느새 의원의 문을 두드리고 있었다.

'안 돼! 함정이다.'

허숭은 벌떡 일어나며, 졸고 있는 부하의 뒤통수를 때렸다.

"일어나. 인마! 한 놈은 지원 요청 하고 빨리 따라와."

예상대로 현의 조그마한 의원에서는 웅도를 치료할 수 없었다.

하나같이 허창의 구산의원을 말했다.

이한은 열리는 문안을 기웃하며, 문을 열어준 노인의 얼굴을 유심히 바라봤다.

"급한 환자예요. 의원님을 바로 좀 뵐 수 있을까요?"

"아! 예예, 그럼요. 어서 들어들 오시오."

이난설의 다급한 목소리에 문지기 노인은 몸을 비켜 공간을 내주었다.

확실히 이상했다.

다른 곳과 달리 문도 빠르게 열리더니, 이 새벽에 바로 의원을 만날 수 있다고? 직업관이 투철한 의원인가? 그리고 갑작스레 부산해진 안의 분위기는?

"이난설! 잠깐."

이한은 기감을 거둬들이고, 막 문을 들어서려는 이난설을 불렀다. 등에 업은 웅도를 다시 고쳐 잡으며 중심을 뒤로 옮겼다.

한걸음 뒤로 물러서는 이한을 보며, 돌아보던 이난설의 손이 연검으로 향했다.

뭔가 이상함을 느낀 것이다.

"뛰어!"

이한이 막 몸을 돌려 뛰려는 순간, 문안에서 검기가 확 덮쳐 왔다.

채쟁—

이난설의 검이 검기를 튕겨내며, 유려하게 몸을 회전시켰다. 두 줄기 검기가 열린 문 사이로 확 뻗어 나갔다. 문안에서 막 뛰어나오려던 그림자가 훌쩍 물러서는 게 보였다.

이난설은 재빨리 이한을 막아섰다.

"빨리 가! 잠시 정도는 막을 수 있을 거야."

"내가 이 사람 업고 혼자 도주가 가능하다고 생각하니? 지금도 무거워서 쓰러질 것 같구만. 괜히 있어 보이는 척하지 말고 따라와라."

"경공에 자신 없는 건 아니고?"

"그래. 그렇다 치자."

경공에 대해서는 할 말이 없었다.

유수산화검(流水散花劍)도 그렇지만, 이난설의 진짜 특기는 물 흐르듯 유연한 비류행(飛流行)이라는 신법이었다.

얼마 못 가 복면인의 공격을 받는 지금도 일 검에 복면인들을 베지는 못했다. 하지만 이곳저곳 종횡무진 몸을 움직이며 복면인들의 검은 효과적으로 막고 있었다.

'이런!'

이난설을 통과해 한 명의 복면인이 검을 똑바로 베어오고 있었다.

몸을 기우뚱하자, 업혀 있는 웅도 때문에 무게 중심이 확 쏠렸다. 그대로 회선각을 차 내며 중심을 낮췄다.

겨우 쓰러지는 걸 피하자마자, 발도와 동시에 도를 그어 올렸다.

복면인이 훌쩍 물러섰다. 따라가 공격하기는 무리였다. 기우뚱해진 웅도를 바로 하고 도를 세웠다.

네 명이던 복면인이 금세 몇이 더 불어났다. 조금씩 뒷걸음질 치는 이한과 이난설을 향해 서서히 포위망을 구축하고 있었다.

“고통 없이 죽으려면, 그놈 조용히 내려놔라.”

“보통은 살려 준다는 소리도 하는데. 뭐? 고통 없이! 어이가 없네.”

이한은 도를 내려 잡고 긴장의 눈빛을 했다. 확실히 긴장하고 있었다.

수없이 베어 내고 그은 도였다. 그런데 막상 실전이 되니 자신이 정말 사람을 벨 수 있을지 하는 생각이 들었다.

도를 잡은 손에 힘을 꽉 주었다. 자신감이 좀 생기는 것 같다고 생각한 그때.

타닥— 딱딱—

갑자기 규칙적으로 바닥을 두드리는 소리가 났다. 막 다가서려던 복면인들이 긴장하며 주춤거렸다.

“이 화자(花子) 님이 가시는데 길을 막는 잡놈이 누구냐? 애들아 타구봉으로 길을 터라.”

이십 명에 가까운 거지들이 막대기를 두드리며 각가지 동작으로 다가들었다.

술에 취해 비틀거리기도 하고, 구걸을 하는 갖가지 모습들이었다. 보고 있으니 정신이 사납기는 했다.

개방의 유명한 소타구진(小打狗陳)이었다.

"쳐라."

뒤에서 들리는 소리에 복면인들은 순식간에 쇄도해 오기 시작했다. 이한에게 쏘아 오던 복면인 앞으로 타구봉 하나가 날아오더니 바닥에 박혔다.

"소형제! 좀 쉬시게나. 우리가 맡지."

허숭의 목소리와 함께 바닥을 두드리는 타구봉의 소리가 훨씬 강해졌다. 이한과 이난설이 물러서는 틈으로 거지들과 복면인들이 엉겼다.

"후아아! 이렇게도 살아나는구나. 우리 올해 운빨이 아주 나쁘지는 않은가 봐."

여전히 이한을 막고 서있던 이난설의 숨결이 거칠었다.

나름 사력을 다하고 있었다. 이한도 웅도와 자신을 동여맨 옷자락을 더 세게 조였다. 또 어떤 일이 일어날지 알 수가 없으니.

"어떡할래?"

"그래도 개방이잖아. 일단은 믿어 보는 수밖에. 이대로는 도주도 의미가 없어."

이한의 말에 수긍을 하는지 이난설도 고개를 끄덕였다.

시간이 너무 오래 지났다. 독을 해독할 의원을 빨리 구해야 했다. 지난 며칠 가끔씩 의식을 찾던 웅도는 벌써 이틀째 정신을 못 차리고 있었다.

장내의 대결은 치열했다. 개개의 무공은 복면인이 높을지 몰라도, 어지럽게 돌아가는 타구진에 오히려 몰리고 있었다.

타닥— 탁—

일제히 내려친 타구봉의 뒤에서 다시 타구봉이 내리쳐왔다. 절묘한 시차의 공격으로 복면인들을 몰고 있었다. 하지만 복면인들의 검세도 날카로워 결정적인 일격은 가하지 못하고 있었다.

"으득. 물러나라."

타구진에 갇혀 이렇다 할 성과가 없자, 결국 후퇴의 명령이 나왔다. 개방의 이삼결들이라 쉽게 생각했던 복면인의 우두머리는 이를 부득 갈았다. 그래도 할 수 없었다. 이들이 펼치는 타구진은 너무 단단했다.

"됐다. 쫓지는 마라."

허숭은 주먹을 꽉 쥐었다. 밤낮으로 부하들을 닦달한 보람이 이런 것 아니겠는가!

개별로 상대해서는 승산이 없다는 걸 알고 있으니, 무리할 필요는 없었다. 웅도를 구한다는 소기의 성과는 충분히 달성하기도 했고.

이한은 구산의원에 들어서야 웅도를 내려놓을 수 있었다.

뒤이어 분타주 화걸개가 오면서 조금 마음이 놓였다. 의원 주위로 분타의 고수들이 깔린 것이다.

"우리는 이제 가야 하지 않을까? 수련 무사 선발까지 일정이 너무 빠듯해."

"그렇긴 한데."

지난 며칠 죽도록 고생했는데, 웅도의 차도를 보지 못하고 떠나기도 그랬다. 개방에 맡겨서 되나 싶기도 하고. 이한이 고민을 하는 사이에 허숭이 들어왔다.

"오! 소형제들. 이제 막 기본적인 치료는 끝났네. 창해독이래. 나도 생전 첨 듣는 독인데, 생선요리에 주로 섞는다는구만. 아! 독을 해독하는데 약재값이 만만치 않았네. 돈 없으면 죽으라는 건지 참. 우리 분타에서 보증을 서서 일단 치료는 잘 했네."

드디어 한 건 올린 허숭은 기분이 한껏 좋았다. 거기에 일조한 이 두 녀석이 너무 예쁜 건 당연했다.

"우리 분타에서 여기를 철통같이 지키고 있으니, 마음 푹 놓고 편히 쉬게. 뭐든 필요한 건 말하고. 내 최대한 구해 주지."

"사실 저희가 단오절까지 무림맹에 가야 합니다. 이번

수련 무사 선발에 지원을 하거든요."

"아! 그런가? 그래도 지금 움직이는 건 위험한데."

사실 그럴 수 있었다. 복면인들이 완전히 포기하고 물러갔다는 보장이 없었다. 이한과 이난설이 목표는 아니지만, 그동안 많이 방해를 했으니.

"분타주와 의논을 해 보겠네."

"이 일대에 복면인들의 움직임이 포착됐다는 보고는 없다 하네. 다행이긴 한데, 그래도 모르니 어둠이 내리면 출발하게. 하란 나루터까지 지름길을 잘 아는 제자를 붙여주라고 하셨으니 같이 가게."

구산의원에 어둠이 내리자 세필의 말이 조용히 빠져나왔다.

이한은 결국 웅도가 깨어나는 걸 보지 못하고 떠나야 했다. 지금도 빠듯한 일정이었다.

밤새 달리고 지름길을 잘 찾아서인지, 다행히 복면인들은 만나지 않았다.

예상보다 빠르게, 사흘이 되지 않아 나루터에 도착할 수 있었다. 동행했던 개방 제자와도 헤어졌다.

이한과 이난설은 강에서 좀 떨어진 언덕의 숲에서 나루

터를 내려다보고 있었다.

"별 이상은 없는 것 같은데."

"아니야. 기분이 좋지 않아. 나루터 주위로 움직이지 않는 사람들도 좀 되는 것 같고."

"움직이지 않는 사람! 듣고 보니 그런 것 같기도 하네."

배 한척이 나루터에 대고 있었다.

이미 내릴 사람은 다 내린 듯, 타는 사람들이 많았다. 말을 끌고, 짐을 들고, 아이의 손을 잡고 혼잡스러웠다.

"그럼 어떻게 하려고? 변장이라도 해야 하나? 이러다 저 배 놓치면 내일까지 기다려야 할지 몰라."

"너! 기마술은 제대로 배웠지?"

"기마술? 아마 너보다는 나을걸."

사람들을 다 태운 배가 서서히 움직이기 시작했다.

사람을 태우지 않은 말 두 필도 언덕을 내려와 나루터로 다가왔다. 떠나는 배에 관심을 두느라 대부분 눈여겨보지는 않았다.

두두두두—

갑작스런 말발굽 소리에 그제야 사람들의 시선이 몰렸다.

말 옆구리에 붙어있던 사람의 머리가 쑥 올라왔다. 말 등에 바싹 붙은 채, 순식간에 나루터의 선착장으로 접근하면서 말 위에 올라섰다.

"지금."

말을 박차고, 선착장과 벌써 많이 떨어져 가는 배로 몸을 날렸다.

"어!"

"우와!"

갖가지 탄성 속에 두 개의 신형이 날고 있었다.

'헛!'

뒤에서 느껴지는 살기에, 이한의 몸이 빙글 틀어지며 반사적으로 도가 그어졌다. 챙 소리와 함께 비수 하나가 튕겨져 나갔다.

순간 이한의 몸이 뚝 떨어지기 시작했다. 휙 뒤돌아보는 이난설의 시선에 안타까움이 가득했다.

휘릭—

그 순간 죽립 하나가 이한은 발밑을 스쳐 지났다. 죽립을 밟고 다시 도약한 이한은 아슬아슬하게 배의 난간을 밟고 내려섰다.

선착장 끝에 서 있던 갈의를 입은 노인이 기둥을 발로 차며, 그 모습을 바라보고 있었다.

"도와주셔서 감사합니다."

크지 않는 키에 통통한 느낌의 청년이었다.

일반적인 도보다 길어 보이는 기형의 도와 함께, 오랜 여행을 증명하는 옷차림이었다.

하지만 넉넉한 인심이 보이는, 사람 좋은 인상을 가졌다.

"뭘요. 서로 돕고 살아야지요."

무림맹이 하남의 대별산에 자리를 잡자, 자연스럽게 사람들이 몰려들었다.

맹의 식솔들에 각종 장사치들, 맹이 소유한 용수골 입구로 넓게 자리 잡은 전답의 소작농들까지 모여들자 웬만한 현보다 더 북적이게 되었다.

맹 사람들이 그냥 성이라 부르는 이곳의 정식 명칭은 방성이었다.

방성 외곽.

넓은 모래톱이 있는 하천변에 천막과 비무대들이 설치되었다.

무림맹 무사들이 외부인의 통행을 곳곳에서 막고 있는 이곳이, 올해의 수련 무사 선발 장소였다.

"아! 그 꼬마 녀석 말에 속다니. 그런 방 같지도 않은 방에 잤더니, 온몸이 다 뻐근하네."

무림맹 청해 지부에서 온 진계범이었다.

하란 나루터에서 죽립을 던져 준 친구! 역시 수련 무사에 지원하기 위해서 왔다고 했다. 공통의 관심사가 있으니 오는 동안 급격히 친해졌다.

"난 노숙 안 한 것만 해도 다행이었어. 그 집 초계면도 괜찮았고."

"그래. 초계면만 괜찮았지."

어제 밤에야 방성에 도착한 세 사람은 어렵게 방을 구했다.

수련 무사 지원자들이 일제히 몰리면서 빈 곳이 별로 없었다. 그래서 호객행위를 하는 소년을 따라간 곳이 많이 허술하기는 했다.

일차시험인 기본삼관은 통과했으니, 조금 느긋하게 다른 지원자들을 구경하고 있었다.

일차의 마지막인 경공관 시험이 한창이었다.

"오!"

"와! 잘한다."

저마다 긴장해서 바닥으로 가라앉아 있던 분위기가 갑자기 술렁거렸다.

일장 높이로 박아 놓은 백여 개의 나무기둥을 밟고 유려하게 움직이는 사백이십 번. 이난설이었다.

기본 삼관 중 제일 어렵다는 곳이다. 어른 팔뚝만 한 굵기의 기둥이 불규칙하게 박혀 있어, 발을 조금이라도 헛디디면 삐끗할 수 있었다.

출발한 지 잠깐.

기둥 몇 개를 밟는다 싶더니, 공중에서 회전하는 묘기까지 보이며 멋지게 착지까지 한 이난설 같은 지원자는 거의 없었다.

"금선자의 제자라더니 신법은 역시. 캬! 비류행 맞네."

감탄을 하며 박수를 쳐대는 진계범도 만만치 않게 경공관을 통과했다.

일관의 이백 근 쇠공을 들어 날리더니, 백여 장 길이의 발이 푹푹 빠지는 모랫길을 제한시간을 반이나 남기고 왕복했다. 실력도 있는 친구였다.

"아침을 못 먹었더니 배고파 죽겠다."

이난설은 어디 잠시 바람 쐬다 온 듯 다가와 털썩 앉았다. 버릇인지 허리의 연검을 살짝 풀었다가 다시 감아 조였다.

"삼관을 통과하신 분들은 저쪽 숲 어림에 식사를 준비해 뒀으니, 그리로 이동하십시오. 조금 쉬시면 오시 말에 북을 울리겠습니다. 비무대로 모이시기 바랍니다. 날씨가 좋지 않으니, 오후에는 진행을 빨리빨리 하겠습니다. 협조 부탁드립니다. 자. 해산."

무림맹 무사의 외침이 쩌렁하게 울렸다.

"와, 빨리 가자."

휑하니 앞장서는 이난설을 따라 두 사람도 일어났다.

"상당히 특이해."

진계범이 이난설의 뒷모습을 보며 고개를 갸웃했다.

“뭐가?”

“재 말이야. 있는 집안에서 엄격히 자랐을 텐데, 하는 행동은 영….”

“그게 집안하고 뭔 상관이야. 타고난 성격일 수도 있지.”

“하여튼 이형! 적당히 먹어. 내가 접수한 정보로는 올해부터 선발인원 많이 줄인대. 오후 비무 빡세게 진행될 거야. 소문으로는 삼 할 이상을 떨어뜨린다나?”

“삼 할이나?”

이한도 나름 수련 무사 선발에 대해 알아봤다.

기본적인 준비가 되어 있으면, 체력이나 무공의 기초를 확인하는 삼관은 정말로 요식행위이고, 비무에서나 조금 탈락한다고 들었다. 물론 예년의 경우였다.

그런데 이번에 삼 할의 탈락이면!

거의 오백이 넘게 지원을 했으니, 최소 백오십 이상이 떨어진단 얘기다. 추천서로 한 차례 걸러 낸 것 치고는 좀 많긴 했다.

“이제 맹에서 자체적으로 무사들을 키우는 것 보다, 문파에서 체계적으로 양성된 인재들을 끌어들이는 쪽으로 간다던가? 뭐, 그렇다네. 파벌싸움이지 뭐.”

파벌싸움!

무림맹 구조상 백 대 문파 주도로 운영이 되지만, 그들이라고 항상 의견이 일치되지 않는다. 각 문파와 무림세가

들은 성격 자체도 다르다. 거기에 조직이 무공만 가지고 굴러가는 것도 아니고.

무림맹 자체도 외부의 인재를 수혈하고, 잡스런 문제를 처리할 하급 무사들을 키운다. 이제는 그들도 하나의 이익 집단으로 성장한 것이다.

문파 출신들이 보기에는 일꾼에 불과한 그들이 목소리를 내는 것이 고깝고, 맹 자체출신들은 차별한다고 불만이 많고. 아마도 이번 수련 무사 선발이 그 충돌지점이 된 것 같았다.

선발 기준이 예년에 비해 높아질 거라던 걱정은 앞 번호들의 비무를 보면서 실감했다.

비무의 공세가 너무 날카로웠다. 더구나 이전의 수련 무사 선배들이 비무를 해 주는 전통을 무시하고, 올해는 교관들이 직접 나섰다.

탈락이 속출하고 있었다.

교관들이 펼치는 삼 초의 공격을 막아야 했다. 비무대에서 밀려 나가거나, 부상을 당하면 자동탈락이었다.

"삼백구십 번!"

이한의 차례였다. 다섯 개의 비무대에 판정관과 교관들

이 서 있었다.

이한은 혈전도 대신 연운구권과 회선각을 선택했다. 마지막까지 고심을 하다가 역시 익숙한 것에 마음이 간 것이다.

천단공의 기를 전신으로 퍼뜨렸다. 혈들로 드나드는 기의 흐름을 호흡에 일치시키는 것만으로도 위축됐던 심신이 어느 정도 안정을 찾았다.

"삼백구십 번. 도를 사용하지 않을 건가?"

"예."

판정관이 교관들이 있는 뒤를 돌아봤다.

"이번 기수에서는 마지막인가 했더니, 한 차례 더 나서게 되는군."

판정관 뒤에서 건장한 중년인이 비무대로 걸어 나왔다. 검사와 권사는 체형부터 다른 경우가 많았다. 잘 발달된 근육과 툭툭 불거진 손과 보면 누가 봐도 권을 익혔다고 보이는 교관이었다.

"자네가 합격하게 되면, 권에 대해 조언을 해 줄 장헌이라 하네."

조금 귀찮은 듯 나섰지만, 권을 익힌 지원자가 한 명이라도 더 있는 것이 기분 좋아 보였다.

사실 지원자들 대부분이 검과 도였다. 권과 장은 요즘 들어 점점 사양길인 것 같다. 실전 효과가 눈에 띄는 편이 아니라서 그런지.

"시작하지."

장헌은 서서히 주먹을 말아 쥐더니 순식간에 권을 날려왔다.

깨끗하고 단순한 연환권이었다. 하지만 그 실려 있는 힘에 지금까지의 지원자들은 연방 물러서야 했다. 타격점이 주로 가슴이었다.

파바박—

이한은 오히려 한 발 내디디며, 단순하면서도 강력한 직권과 공간을 갈라 휘어가는 횡권으로 맞받아쳤다. 권과 권이 부딪히는 둔탁한 소리가 났다.

'윽!'

쇠뭉치와 부딪치는 것 같았다. 몇 번의 공방에도 팔이 욱신거렸다.

하지만 이전 지원자들이 한번 밀리면서 쉽게 비무대를 벗어나는 것을 봤다. 처음부터 물러서는 것은 자살행위였다.

천단기를 확 끌어모으며 권풍 속으로 들어갔다. 근접전에는 연운구권 중 가장 강한 타격감의 단권(斷拳)이 있었다. 짧게 끊어 치는 권!

가슴에서 턱으로 쭉 뻗어오는 주먹을 쳐내며, 연달아 짧게 권을 날렸다.

팍—

이한의 권이 막히는 소리와 함께 장헌이 훌쩍 물러섰다.

일 초가 끝난 것이다.

장헌의 고개가 갸웃해지며 이한을 유심히 다시 살피고 있었다.

조금 이상한 녀석이다.

겉으로 파악되는 내공의 깊이가 미약했다. 특별한 외공을 익힌 것 같지도 않고. 어떻게 기본삼관을 통과했는지 운이 좋았다고 생각할 정도로.

그래서 좀 걱정을 했었다. 너무 쉽게 탈락하지 않을까 했다.

의외로 물러서지 않으려고 부딪쳐 오는 투지가 가상하다 했는데, 권에 실려 있는 기운도 상당했다. 특히 마지막에 끊어서 치던 권들은 제대로 맞으면 자신도 장담 못 할 정도였다.

흥미가 이는 녀석이었다.

그럼 이번에는 좀 복잡한 놈으로. 권로십이해(拳路十二解)의 환권!

장헌의 권이 좌우로 교차되면서 다가오더니, 보법이 확 바뀌었다.

그 복잡함에 날아오는 권도 정신없이 쏟아졌다. 이한은 방어권인 포권(捕拳)으로 쳐 내며 최대한 움직임을 제한했다. 저 현란한 권들에 현혹되어 쉽게 움직여서는 안 된다는 것을 본능적으로 알았다.

팍팍—

장헌은 환권마저 막히자, 이한을 자세를 눈여겨봤다.

비록 잔뜩 움츠리고 있지만, 자신에게 다가오는 권은 확실히 쳐내고 있었다. 한 번씩 환권 사이로 권을 날리려는 걸 보면, 반격을 준비하고 있는 모양이었다.

'제법이군. 공수의 맥은 알고 있다고 치고, 다음은.'

점점 흥미가 일었다. 근래에 제대로 권을 익힌 놈이 없어 내심 섭섭해하던 참이었다.

지금 저 녀석이 펼치고 있는 권이 특별한 상승의 권법은 아니었다. 하지만 너무 익숙하게 제 몸에 딱 맞아 보였다. 곳곳에 노력한 흔적이 진하게 배어 있었다.

장헌은 본래 펼칠 예정이었던 권로십이해(拳路十二解)의 기본초식들 대신, 소강권(小剛拳)을 펼치기로 했다. 무겁게 내리눌러 압박을 최대화하는 권이었다. 압도적인 힘에 어디까지 견디는지 보고 싶었다.

이한은 갑자기 교관의 기세가 바뀌면서 바싹 긴장했다. 뭔가 불길한 예감이 맞았다. 부딪쳐오는 권에 휘청휘청할 정도의 힘이 실려 있었다.

정면으로 다가오는 권이 순식간에 커지며, 자신을 찍어 눌러 압사시킬 것 같았다. 비껴서 막는 팔이 욱신거리며 울렸다.

턱— 터턱—

한 발씩 뒤로 밀리기 시작했다. 권에 동반된 압력이 온몸을 짓눌러 왔다.

쾅—!

부딪히는 충돌 소리부터 달라졌다.

이건 방어만으로는 한계가 있었다. 결단이 필요했다.

양팔을 내리누르며 쳐 내는 포권으로 들어온 권을 막았다. 밀리면 밀리는 대로, 크게 물러선 다음에 그 공간 사이로 아홉 권의 연타인 구운권(九雲拳) 날리기 시작했다.

팍팍팍—

허공에 점을 찍듯 박히는 권에 장헌은 순간 허를 찔렸는지 급히 물러났다. 자신도 모르게 다음 초식을 펼쳐가다가 멈춰 섰다. 이미 삼 초가 지나 있었다.

장헌의 시선이 이한에게 잠시 머물렀다.

소강권의 압박 속에 반격을 했다는 것은 중요한 것이 아니었다. 강한 공격 속에서 유연하게 물러서는 발상과 공간을 만들고, 그 공간을 장악하는 일련의 과정이 너무 자연스러웠다.

무공에 대한 감각이 남다른 것이다. 이런 건 가르친다고 배워지는 것이 아니다.

이런 녀석을 몇 보기는 했다. 하지만 수련 무사 선발 같은 곳에서는 아니었다. 어쨌든 소위 무공의 천재라는 놈을 하나 더 발견한 것 같았다.

"수고했네. 수련원에서 보자고."

돌아서는 장헌을 뒤로하고 판정관이 나왔다.

"삼백구십 번 합격."

방성 변두리의 북선로에 있는 허름한 주루에 세 사람이 마주 앉아 술잔을 높이 들고 있었다.

"자! 마시자."

독한 화주가 순식간에 목을 넘어갔다. 찌르르한 느낌이 새삼스러웠다.

"축하드립니다, 형님들. 아! 누님도요."

면에 닭 가슴살을 넣은 이 집의 특품 요리라는 초계면을 놓아 주던 소년이 밝게 웃었다.

"자식! 너 오늘이 기쁜 날이라 살은 줄 알아. 어젯밤 같았으면 넌 죽었어."

"헤헤헤."

다른 곳에서 마셔도 되는데, 굳이 이곳에서 한잔하자던 진계범이었다. 오늘 하루 더 여기서 자야 해서 그렇다는데, 혼자인 할머니를 돕고 있는 고아라는 소리를 들어서일 거다. 자신의 어린 시절이 생각난다는 걸 보면.

"우리 지부장이 말이야. 나를 혼자 이곳으로 보내는 것도 시험이라더라. 직접 부딪히고, 경험을 쌓고, 살아남는 법 배우기. 히히, 뜻은 좋은데, 죽을 고생을 했다. 청해에서 여기까지 거리가 얼마냐? 와우! 그러고 보니 내가 갑자기 대견해 보이네. 칭찬 좀 해 줘라.”

“그래. 고생했다.”

“내일 수련원에 들어가면 한동안 못 나오겠지. 오늘은 마음껏 마시자.”

수련 무사 기간은 거의 일 년 반 정도였다.

후반기의 일 년이 무림맹 각 부서에 소속되어 적응 기간을 갖는 것으로 감안하면, 실제 수련원에 있는 시간은 반 년이 채 되지 않았다.

물론 훈련을 받긴 하지만, 신분확인과 기본자질의 검증에 더 중점을 두는 기간이었다.

그만큼 여유가 많아서, 기본적인 훈련 외에는 거의 개별 수련과 조별 활동이었다.

오늘도 이한은 연무장이었다.

요즘 진계범과의 비무에서 많은 것을 배우고 있었다.

진계범의 전광도법(電光刀法)은 양손으로 도를 잡는 쌍수도였다. 그 힘과 빠르기도 그렇지만, 쌍수도만의 특이한도의 운용방식은 흥미로웠다.

살짝 도를 회전시키며 내려 베는, 회전 동작 안에서 도를 가속시키고 있었다. 그 가속이 도에 힘과 속도를 더 했다.

카강—

지금도 진계범의 공격을 막은 도가 부르르 떨렸다. 그만큼 신랄하고 묵직했다. 그래도 처음보다는 많이 적응을 했다.

부딪친 도를 비켜 내며 짧고 강하게 그어 올렸다. 이한의 빠른 반응에 쌍수도가 급히 회전을 하며 막아 갔다.

벌써 여러 번 비무를 하다 보니, 어느 정도 상대를 파악하고 있는 터라 일진일퇴의 공방을 벌였다. 연무장을 한참 더 누비다가 멈춰 섰다.

"그만하자. 난설이와 호백이가 기다리겠다. 한잔하기로 한 날이잖아."

"아! 맞다."

연호백은 훈련원 숙소에서 같은 방을 쓰는 친구였다. 호북의 정통 무가인 마선장 출신이었다. 단정하고 깔끔한 성격이라 자주 어울렸다.

"나야 청해 지부로 돌아가야 해서 수련원에 남는다만, 네가 걱정이다. 외성 경비대라는 곳이 소문으로는 별로라더라."

"걱정 마라. 청해 지부로 돌아가는 환송회에서 네 얼굴은 꼭 볼 거니까."

이한이 수련 무사 후반기를 보낼 곳으로 배정받은 곳은 외성 경비대였다.

외성 경비대는 무림맹 직제상 호맹단(護盟團) 소속이었다. 하지만 진정한 호맹단이랄 수 있는 경호대와 내성 경비대에 비해 한직 중의 한직으로 통했다.

맹으로 돌아와 가끔 이한을 찾는 웅도도 외성 경비대에 배정을 받았다니 아쉬워하는 표정이었다. 자신이 진작 손 좀 쓸 걸 그랬다나.

예년에 비해서는 양호하다지만, 수련원에서만 벌써 이십여 명이 떠났다.

무림맹 실무기간 중에는 자의 반 타의 반으로 수련원의 배 이상이 탈락한다고 들었다. 그래서 외성 경비대라니 벌써 걱정을 하는 것이다.

장헌 교관의 말처럼 무림맹 무사로 계속 나가야 할지 고민할 첫 고비를 맞은 것이다.

[무림맹이 그렇네. 개인보다 조직이 앞서는 거야 당연한 거고, 무사로써 한계와 견제가 확실한 곳이지. 특히 수련 무사에게는 더 엄격하고. 무공이 아니라, 이런 무림맹의 구조 자체에 치여 아까운 인재가 망가지는 걸 여러 번 봤네.]

장헌은 이 기회에 이한이 무림맹에 대한 고민을 많이 하기를 바라는 사람 중에 한 명이었다.

외성 경비대는 좋은 무대일 수 있다고 했다. 그만큼 열

악한 곳이니.

[이겨낼 자신이 없으면 일찍 무림맹을 떠나 다른 길을 찾는 것이 훨씬 나아. 무인에게 무림맹만이 길인 것은 아니지. 그래도 버티기로 했다면, 아예 눈감고 우직한 것이 최선일 수 있네. 자네라면 기회가 올 거야.]

외성 경비대는 넓고 긴 외성의 경비가 주 임무였다.

그 구조상 각 조별로 거의 독립적인 생활을 하는 편이었다. 이한이 배정받은 외성 경비대 구조는 동쪽 외성의 여덟 개 초소를 담당했다.

이한이 처음 가는 날부터 구조는 시끄러웠다.

조금 듣다 보니 며칠 전에 있었다는 내성 경비대와의 충돌문제인 것 같았다.

"사정이 무엇이든 간에, 저쪽 숙소에 가서 사과하고 화해를 받아 내라는 대주님의 명령이다."

"뭐요?"

"조장! 그래서 사과를 하면 무얼 사과하라는 거요? 야유를 못 들은 척 안 한 게, 미안하다고요? 아니면 내성 애들의 주먹에 맞아 주지 못해서 미안하다고요?"

"하아… 그냥 사과하라면 좀 하자고."

조장도 답답해서 한 말이겠지만, 그 말이 타오르는 불길에 기름을 끼얹었다.

"이런 떠거랄! 한두 번도 아니고, 왜 매번 사고만 나면 우리가 뒤집어써야 하는데?"

"이런 사소한 일도 방어해 주지 못하면서 조장이고 대주고 왜 있는 거야?"

여기저기서 불만이 터져 나왔다.

"자네는 뭔가?"

"외성 경비대 구조로 배정받은 수련 무사입니다. 이한이라고 합니다."

떠들고 있던 시선들이 일제히 몰렸다가, 다시 시끄러웠다. 외성 경비대 구조의 첫인상은 듣던 것만큼 딱 그대로였다.

며칠 지내다 보니 이해가 되었다.

늘 부족한 조원들로 초소 교대조차 차질이 있는 와중에, 노역 차출까지 잦았다. 거기다 다른 조직의 무시까지. 조원들의 불만이 많을 수밖에 없었다.

그래도 몇 달을 금방 흘러갔다.

오늘도 총관부 기재당의 요청으로 외부 상단에서 구매한 물품을 처리하느라, 교대가 좀 늦었다.

낮에 쉬지를 못해서 새벽까지 버티려면 피곤한 밤일 것이다. 수련 무사니 잠시 눈을 붙이는 것도 눈치가 보였다.

"아직 찬 기운이 다 가시질 않았나?"

몸을 한 번 으스스 떨던 방도혁이 이한을 쳐다보았다.

성벽에서 내려다보는 이른 봄밤은 나름의 풍치가 있었지만, 대별산에서 흘러나오는 서늘한 바람이 새초롬한 초승달과 어우러져 묘한 차가움으로 다가왔다.

"며칠간 너무 무리해서 그럴 겁니다."

"그런가? 아함! 아무래도 안 되겠다. 이 짓도 빨리 때려치워야 하는데. 에이."

방도혁은 검을 끌어안으며 성벽에 기대어 앉아 몸을 웅크렸다.

무림맹은 자기 적성에 맞지 않는다고 입버릇처럼 말하면서도 정작 떠나지는 못했다.

화산파 속가 무관인 호연검관의 장남으로, 작은 무관에 무림맹 무사가 있다는 것은 무관에 큰 도움이 되었다.

하지만 하루의 반을 초소에서 보내거나, 아니면 오늘처럼 노역 차출. 외성 경비대에서 보낸 겨울 동안 이한이 한 것이라고는 그것밖에 없었다. 방도혁의 고민이 이해가 되었다.

요즘 구조의 최대 관심사도 방도혁과 마찬가지였다.

최고 연장자인 석노대의 말로는 이것도 유행처럼 왔다 간다고는 했다. 노역 차출이 많아지고, 자잘한 불만들이 많이 쌓이면 그렇다나. 하여튼 혼란스러웠다.

수련 무사인 이한에게는 개인적인 일보다 조원들의 어수선함이 더 큰 부담이었다.

며칠 전에도 직접적인 영입제안까지 받았다.

"너는 어떻게 하려고?"

"아직 수련 무사 주제에 뭘 알겠습니까? 열심히 노력하다 보면 나아지겠지요."

"하긴, 나이도 있고, 책임질 식구가 딸린 것도 아니고. 그런데 말이야."

낙이생은 목소리를 낮추며, 바싹 다가왔다.

"요즘 여러 곳에서 맹을 해체하는 것이 차라리 좋겠다는 말이 나온다는군."

"예?"

"올해 들어 형편이 급격하게 나빠진걸 보면, 아주 빈말은 아니야. 전성기 때는 오만이 훨씬 넘게 상주했잖아. 하지만 지금은 한 이만쯤 되나?"

"그거야 비상시가 되어야…."

낙이생이 급히 이한의 말을 끊었다.

"어허! 잘 모르는군. 각 방파들 입장에서는 말이야. 먹을 것이 많다면 자리를 비우지 않지. 이용가치가 떨어지니,

그 인원으로 자기 영역을 확고히 다지고 넓히는 게 더 유리하다고 판단한 거야."

"그래도 맹이 돌아가기는 돌아가잖아요?"

"그거야, 맹의 일에서 완전히 손을 놓으면 뒤통수 맞을까 봐 그래. 어쨌든 해마다 막대한 운영비도 각출해야 되고, 어렵게 키운 무사들도 보내야 하고, 한마디로 실속이 없지."

"그렇게 생각할 수도 있군요."

"이 상태로 길게는 못 가. 맹 내에도 이 모양인데, 바깥에서는 무림맹이 제 역할을 못 한다고 원성이 자자하다는 말을 들었어."

잠시 말을 멈춘 낙이생은 정색을 하면서 이한을 바라봤다. 하지만 그 표정에 별 변화가 없자, 잠시 멈칫했다.

자신이 생각해도 무림맹에 대해 조금 극단적으로 말한 느낌이 있었다.

하는 행동은 고분고분해도, 이 젊은 수련 무사 녀석은 조원들 사이에서 꽤 또록또록하고 영리하다는 평을 받는다. 급격히 설득 방향을 바꿨다.

"하기야, 우리는 그런 거에 관심 가질 필요 없지. 자기들끼리 치고받고 싸우든 말든. 당장 월봉 줄고, 일도 많아지고, 그나마 잡다한 노역이나 시키고, 무림맹 무사라는 특권도 사라져 가고. 중요한 건 그거 아닌가?"

낙이생은 실컷 약을 치고서, 이제야 본인이 하려던 말을 꺼냈다.

"얼마 전에 지인들을 통해 알아본 게 있는데, 마침 좋은 소식이 왔어. 몇 명이 같이 하기로 했네."

"뭘 같이 해요?"

낙이생은 주위를 살짝 둘러보고 더욱 목소리를 낮췄다.

"개봉에 있는 해산상단 알지? 곧 대규모 상단을 꾸릴 모양이야. 호위무사들도 상당수 모집하는데 조건이 좋아. 너도 같이 가자!"

"상단요? 저야 아직."

"아아! 당장 확답을 하라는 게 아니고, 생각해 보라는 거야. 이런 기회는 흔치 않아. 그리고 이런 말까지 하는 건 뭣하지만, 자네가 정식 무사가 되어도 이 외성 경비대를 벗어나지는 못해. 한 번 발령이 나면 어지간한 경우를 제외하고, 정식 무사도 그곳에서 시작하지."

겪어 본 바에 의하면, 낙이생의 마지막 말은 어느 정도 맞다.

많은 외성 경비대의 선배들이 그러한 경우니까. 이한도 그것 때문에 요즘 고민이 많았다. 그렇다고 낙이생을 따라 상단의 호위무사로 가기는 구미가 당기지 않았다.

이한은 모처럼 한가하게 숙소에 머물 수 있었다.

썰렁한 기분이 들었다. 낙이생은 자신의 제의를 거절한 이한 대신 다른 조원을 추가해서, 결국 상단으로 가 버렸다. 방도혁도 결국 고향으로 돌아갔고, 구조에서만 일곱 명이 떠났다.

남아있는 사람들도 동요의 기미는 있었지만, 애써 무시하며 서로 눈치를 보고 있었다.

"하참. 그래도 같이 부대끼며 잘 지내 왔는데."

아무도 없으니 혼잣말이라도 중얼거리며 아쉬움을 달랬다.

그래도 요즘은, 외성 경비대뿐 아니라, 맹 이곳저곳에 익숙한 곳이 많아져서 좀 편해지긴 했다.

그저께 중간점검차 들린 수련원에서 동기들을 만났다.

군사부로 간 연호백, 맹주부의 이난설, 수련원에 남아 교관 보조로 있는 진계범. 이야기를 들어보면 최악의 곳에 배정받았다는 자신과 오십 보 백 보였다. 어디서나 어려운 점은 있었다.

문제는 이제 반도 남지 않은 수련 무사 기간 이후였다.

조장은 외성 경비대 자체에서 젊은 무사들을 키울 계획이 있으니, 딴 생각하지 말라고 벌써부터 단속을 했다. 하지만 그걸 믿고 있을 수는 없었다.

더구나 외성 경비대에 계속 있어서는, 길이 보이는 것 같지도 않고. 그렇다고 당장은 별 뾰족한 수도 보이지 않았다.

“어! 혼자 있었나?"

석노대와 같이 들어오던 마숙이 혼자 숙소에 덩그러니 있는 이한에게 말을 걸었다.

“교대하러 들어오신 모양이지요?”

“그래! 동팔이가 투덜대고 있을 거야. 좀 늦었거든.”

“초소가 두 개나 줄어서 좀 여유로울 줄 알았는데. 막상 나가려니 이것도 귀찮네. 자네도 이렇게 쉬는 날은 바깥바람도 좀 쐬고 그러는 게 좋아.”

석노대가 나가면서 한소리 했다.

잠시 멀뚱히 앉아 있던 이한은 도를 챙겨 들었다.

그래!

세상일 모르는 거다. 준비하는 자에게 길이 있다고 했다. 고민하고 앉았다고 해결책이 있는 것도 아니고. 저번 수련에서 연결이 어색했던 혈전도의 흐름이나 보완하자.

결국 숙소를 나섰다.

이런저런 일들이 있었어도, 이한은 결국 무림맹에 남기로 마음의 결정을 한 것이다.

감찰대

"여기, 여기."

상춘루 이 층의 창가 자리에서 귀에 익숙한 목소리가 들렸다.

팔을 최대한 들고 흔들고 있는 이난설이 보였다. 여전했다. 아담한 자태와 자유로운 영혼을 가진 모습은.

"늦어서 미안하다."

초소근무로 늦은 이한을 반기는 것은 이난설 만이 아니었다. 진계범과 연호백. 그리고 웅도까지 있었다.

"휴우우, 다행이다. 일 각 내에 안 오면 자객 보내려 했다. 잔부터 채워라. 너 오면 건배하려고 기다리고 있었다. 이히히히. 축하합니다. 무림맹 무사님들."

진계범의 좋아 죽겠다는 웃음과 함께, 모두들 자축하며 술잔을 비웠다.

이 자리!

일 년 반의 긴 수련 무사 생활을 끝내고 정식 무사로 임명된 걸 축하하는 자리이자, 진계범이 청해 지부로 돌아가는 걸 아쉬워하는 환송회 자리였다.

"그런데 너희 지부장은 너 돌아오는 걸 반기는 게 맞을까?"

"무슨 뜻이냐? 그 요상한 질문은?"

"아니, 네가 지부에 있을 때 사고 많이 쳤다며? 멀리 보냈던 사고뭉치를 다시 받아야 하는 입장은 어떨지 궁금하잖아."

"야! 그건 어릴 때지.

이한은 웃고 떠드는 친구들을 새삼 눈여겨보았다. 이들이 없었다면 수련 무사 기간을 무사히 지날 수 있었을까? 아닐 것 같다.

부족한 것이 많았던 자신을 이끌어 준 고마운 얼굴들이었다.

"여기 이한이라는 무사 있나?"

청색 무사복에 검은색 줄무늬가 격자로 새겨진 감찰대 복장을 한 감찰원이 서류 한 장을 내밀었다.

감찰대로 방문해 달라는 출석통지서였다. 맨 아래에 감찰관의 직인이 선명하게 찍혀 있었다.

무림맹 감찰단은 맹의 각종 사건 사고를 조사하고, 비리를 적발하는 감찰대(監察隊)와 형량을 결정하고, 뇌옥을 관리하는 형옥대(刑獄隊)를 말한다.

하지만 자잘한 사건은 거의 순찰단에서 취급하니, 어지간해서 말단의 평무사가 감찰대에 불려가는 일은 거의 없었다.

조원들의 걱정 어린 시선을 뒤로하고, 얼떨떨한 기분으로 감찰대를 찾았다.

"긴장할 필요 없네. 간단한 사실 확인만 하면 되니까. 의례적인 거네."

"아! 예."

감찰관 집무실에서 감찰대의 사무를 담당하는 감찰원과 마주하고 있었다.

"출성 기록을 보니까 사흘 전에 방성에 나갔다 왔더군."

"예."

"뭐 특이한 일은 없었나?"

"없었습니다. 그냥 입맹 동기들 모임에 참석했다가 돌아온 것뿐입니다."

"동기라! 수련 무사 출신인가?"

"예."

“진수하에서 살인사건이 일어났는데, 목격자들 말로는 급하게 사라진 자가 맹의 무사로 보인다는 제보가 들어와서 조사 중이네.”

그 살인사건에 아마도 중요인물이 연루되어 있는 모양이다. 감찰대가 나선 것을 보면.

“전 상춘루에만 들렀다가 복귀했습니다.”

“흠… 동선도 단순하고, 유시 말이라… 알겠네. 여기에 수결하고, 그만 가도 되네.”

서류에 뭔가를 적어 넣던 감찰원은 이한을 바라보며 고개를 끄덕였다.

감찰관 집무실을 나온 이한은 별것 아니었다는 안도감에, 느긋하게 감찰대 건물들 사이의 긴 회랑을 걸어 나왔다,

“어이! 이게 누군가? 낙방거사 동기님 아니신가?”

방금 스쳤던 한 무리의 감찰 무사들이었다. 이한은 갑작스런 목소리에 고개를 돌렸다.

추인기!

감숙의 추가장 출신으로, 수련원에서 이한이 어울리던 동료들과 데면데면하게 지내면서 은근히 경쟁하던 패거리들 중 한 명이었다.

감찰대에 있었던가?

“여기서 보는군요. 추형.”

“감찰대에는 무슨 일인가? 여기는 잡일도 별로 없는데.”

거들먹거리는 태도와 약간 비꼬는 말투가 거슬렸지만, 예전부터 그런 경향이 좀 있어 그러려니 했다.

"추인기! 누군가? 복장을 보니 외성 경비대 졸자 같은데?"

잠시의 기다림이 지루했는지, 추인기 뒤에 있던, 감찰사령 복장의 날카롭게 생긴 무사가 나왔다.

"장 사령(司令)님! 수련 무사 동기입니다. 어린놈이 좀 시건방져서 예전부터 눈여겨보고 있지요. 하, 하, 하."

"그래? 일 다 봤으면 빨리 가라. 감찰대는 잡인이 한가롭게 돌아다니는 곳이 아니다."

장 사령은 이한을 바라보며 차가운 목소리로 말했다.

'휴우.'

여기까지는 그래도 참을 만했다.

"꼴에 도는 무슨. 저런 애들까지 설치니까, 맹의 수준이 일반 방파들 입방아에 오르내리지."

"맹이 다양한 포용력을 가지려 하다 보니. 어중이떠중이까지 다 몰려와서 그렇지 않습니까."

무리 중 누군가의 목소리들!

이한은 확 치밀어 오르는 화를 억누르며 몸을 돌렸다. 외성 경비대에 있으면서 많이 단련되었다 싶었다.

하지만 오늘 일진이 정말 좋지 않은가 보다.

"잠깐, 아무리 못 배워먹었다 해도 상급자에게 예의는 차리고 가라."

장 사령이었다.

막 걸음을 떼던 발을 겨우 내려놓은 이한은 잠시 지체한 후에 천천히 돌아섰다.

"졸자나 잡인이라면서 뭔 예의를 바라는 겁니까?"

"뭐! 허참. 이 새끼가 미쳤나?"

장 사령이 발끈하며 앞으로 나서자, 추인기가 급히 옆으로 따라붙었다.

"너! 인마, 정말 미쳤구나. 사령님께 빨리 사과해. 뒈지기 싫으면."

추인기는 과장된 몸짓으로 검까지 고쳐 잡았다.

"내가 먼저 사과해야 할 일은 아닌 것 같은데요."

이대로 굽실거리면, 앞으로도 계속 굽실거려야 한다. 그걸 떠나서 굽히고 싶지 않은 때가 있다. 지금처럼.

"오냐! 네가 마지막 경고도 무시하는구나. 죽고 싶어 환장을 했다고 볼 밖에."

추인기는 장 사령의 눈치를 슬쩍 봤다.

냉정하고 차가운 눈빛. 그리고 은근한 종용!

'후우, 젠장.'

결국 검을 뽑아 들고는 돌진할 수밖에 없었다. 이한은 예상이라도 한 듯, 회랑의 기둥을 이용해 간단하게 추인기의 검을 흘려 버렸다.

이한의 민첩한 반응에 추인기는 정신이 번쩍 들었다.

수련원 시절 잡기에는 성적이 별로였지만, 본신의 무위만은 웅도에게도 뒤지지 않던 이한이었다. 갑자기 긴장감으로 온몸이 저릿해졌다.

비혼절수검(飛魂絶手劍).

추인기는 가문 최고 검공의 기수식을 취하며, 이한의 동태를 주시했다.

“추인기! 뭐 하나? 그깟 잡놈 하나 가지고.”

잠시의 대치가 지겨운 듯, 장 사령의 고함 소리가 들렸다. 그 말이 신호가 되었는지, 추인기는 이를 악물고 상대의 혼을 뺄 것 같은 어지러운 검세를 펼쳤다.

이한은 만반의 준비를 갖추고 있기는 했지만, 막상 복잡다변한 검에 손발이 순간적으로 꼬였다.

맨손으로 검을 상대하려면 상대에게 접근 할 수 있는 기회를 포착해야 하는데, 실전 경험이 너무 없어서인지 검의 변화를 따라잡기 힘들었다.

좌우로 보법을 밟으며 공세에서 벗어나려고 시도했지만, 추인기는 여유를 주지 않고 비혼절수검의 절초들을 이한의 정면으로 쏟아 냈다.

쉬쉬익—

이한의 움직임에 맞춰 적절하게 변화까지 해 왔다.

사각—

급기야 퇴보 후 권을 날리려던 이한의 왼팔을 검이 스쳐

갔다. 다행히 깊은 상처는 아닌 것 같지만, 겉옷으로 피가 번져 나왔다.

구경하던 감찰무사들은 이제 희희낙락하며 한껏 여유롭게 관전하고 있었다. 추인기도 이한의 반격이 별것 없자, 긴장을 풀고 급하게 이한을 쫓았다.

이한은 일단 연운구권의 횡권을 연환으로 날리며, 검세를 벗어났다. 자세를 낮추고, 일부러 허리를 기우뚱해 보았다. 추인기의 손목 방향이 그것에 맞춰 틀어졌다.

'역시! 손목이 먼저, 다음에 몸이 따른다.'

이한의 몸이 순간적으로 푹 가라앉으며, 회선각으로 추인기의 하체를 쓸어갔다. 그러다 갑자기 튀어 올랐다. 추인기의 검이 급히 따라왔다.

몸의 회전과 함께 검을 귓등으로 흘리자, 자연스럽게 추인기의 몸이 드러났다. 이한의 권이 턱을 쳐올렸다.

퍼퍼벅—

뒤로 젖혀지는 추인기의 가슴으로 직격의 권이 연환으로 터졌다. 거친 타격음과 함께 추인기는 일장이 넘게 정신없이 밀려가며 비틀거렸다.

장 사령은 상황이 이상하게 돌아가자 급히 개입하려 했지만, 이한의 공격이 너무 빠르게 성공하고 말았다.

"이런!"

장 사령은 노성을 지르며, 자신의 장기인 현운장법(玄雲掌

法)으로 이한을 덮쳤다. 회심의 공격이 성공하자, 잠시 기세를 늦춘 이한은 갑작스레 덮쳐 오는 압박에 화들짝 놀랐다.

본능적으로 연운구권의 방어 초식인 연환포권을 펼쳤다. 권의 형상들이 검은 구름과 동시다발로 부딪쳤다.

퍼버벅—

둔탁한 소리 이후, 먼지가 조금 걷히자 장내의 상황이 드러났다.

장 사령은 서너 걸음 물러간 자리에서 놀란 눈으로 이한을 바라보고 있었다. 반면 이한은 좋지 못했다. 거의 이장을 밀려나서, 두 손으로 바닥을 짚고 있었다.

극명한 내공의 차이였다.

이한은 부들거리는 다리에 힘을 주고, 몸 상태를 점검했다. 가슴이 울렁거리고 머리가 멍했다. 내상의 전형적인 증상이었다. 오른쪽 다리도 마음대로 움직여지질 않았다.

퓻—

이한은 입안에 머금은 핏물을 거칠게 뱉어 내며, 도를 뽑아 들었다. 지금 상태로는 권보다는 도가 나았다. 움직임을 최소화할 생각이었다.

도를 뽑아 드는 이한을 바라보며, 장 사령의 안면 근육이 실룩거렸다.

"지금이라도 무릎을 꿇고 용서를 빈다면, 가벼운 징계로 넘어가 주마."

"시작을 했으면 끝은 봐야지."

결연히 외치는 이한이었다.

이제 와서 굴복하라고! 그럴 거면 애초에 시작도 안 했다.

자꾸 흐릿해져 가는 시야에도 장 사령에게 초점을 맞추려고 눈을 부릅떴다. 후들거리는 상체도 바로 세웠다.

"정말로 죽고 싶은 모양이구나."

장 사령의 분위기가 갑자기 가라앉았다.

감찰사령들 중에 무위로는 수위를 다투는 자신이었다. 기습적인 공격에도 이한을 완전히 굴복시키지 못한 것에 자존심이 상했다. 더구나 상대는 무사라고도 할 수 없는 외성 경비대의 졸자였다.

결국 검을 뽑아 든 장 사령은 이한을 향해 천천히 다가들었다. 그리고 벼락같이 검을 내리쳤다.

쨍—

이한의 상체가 휘청했다.

장 사령은 우위가 확인된 내공으로 승부를 걸 모양이다. 아니, 더 큰 타격을 줄 요량으로 내부부터 철저히 부수기로 한 건가?

이한은 왼쪽 무릎을 굽히며 얻은 공간으로, 장 사령의 검을 간신히 비켜 냈다. 그리고 무작정 도를 그었다. 하지만 장 사령은 너무 쉽게 뒤로 물러나, 잠시 숨을 고르고는 다시 검을 내리쳐 왔다.

쩌정—

"얼마나 버티나 보자, 이놈!"

이한의 꽉 다문 입에서 결국 피가 튀었다.

이제는 정말 한계로 보였다.

다시 두 번이나 더 검을 내리친 이후, 장 사령은 섬뜩해 하며 물러섰다. 무너질 듯 휘청대며, 일정한 규칙도 없이 도를 휘두르는 이한을 보면서도 쉽게 접근을 못 했다.

"자르고, 가르고, 벤다."

이한은 도를 늘어뜨리고 석상처럼 서서, 낮은 중얼거림을 계속하고 있었다.

툭툭—

터져 나간 손아귀에서 흐른 피가 도의 손잡이를 타고 바닥에 점점이 떨어졌다.

장 사령은 고민할 수밖에 없었다.

일 검에 죽일 수는 있다. 하지만 그것은 문제가 커진다. 그렇다고 제압이 쉽지가 않다.

다시 검을 부딪쳐 간다면, 저놈은 검을 무시하고 자신의 가슴에 도를 박아 올 거란 생각을 지울 수 없었다.

충분히 가능했다.

일시적인 정적이 흘렀다.

"멈춰라!"

노성이 그 정적을 흔들었다. 순간 고심에 빠져 있던 장

사령의 안색이 심하게 구겨졌다.

감찰대에는 다섯 명의 감찰관들이 감찰사령들을 지휘하고, 감찰사령들이 감찰원과 감찰무사들을 이끌고 실질적인 실무를 담당하고 있다. 감찰관들 중에도 가장 까다로운 수석 감찰의 목소리였다.

"장우곤! 무슨 짓을 하고 있는 건가?"

수석 감찰관 정창명이 감찰원과 무사들을 이끌고 나타났다.

"쯧쯧. 저 아이들의 상세를 살펴보게."

주위를 둘러본 정창명은 혀를 끌끌 차며, 감찰원에게 지시를 내렸다.

"장우곤! 감찰사령이란 자가 사사로이 무력을 사용해 사람을 상하게 하다니. 그것도 감찰대 내부에서."

"죄송합니다. 경위는 상세히 보고 올리겠습니다."

두 사람의 상세를 보러 갔던 감찰원이 돌아와서 정창명에게 보고했다.

"추무사는 약한 내상으로 보입니다. 며칠 요양을 하면 괜찮을 것 같습니다만, 경비대 무사가 문제입니다."

"심각한가?"

"예! 빨리 의약전으로 보내야 하는데, 지금 저 지경이라서."

이한의 곁으로 두 명의 무사가 접근해 있지만, 도저히

가까이 갈 수가 없었다.

반경 반장쯤 되는 공간에 접근하면, 이한의 도가 무작정 날아들었다.

"흠! 독종이군. 저런 건 처음 보는 데, 일종의 가사상태라 해야 하나?"

정창명은 이한이 있는 곳으로 걸음을 옮겼다.

"아, 감찰관님! 위험합니다."

"괜찮네."

감찰원의 만류에도 불구하고, 정창명은 이한이 만들어 놓은 공간으로 들어갔다. 의외로 간단하게 이한을 제압한 정창명은 무사들에게 넘겨 주었다.

"빨리 의약전으로 데려가게."

정창명은 갑자기 기분이 좋아 보였다. 몇 가지 지시를 더 하고는, 혼자서 집무실로 향하며 중얼거렸다.

"혈전도(血戰刀)라…."

경혈동법

눈을 떴을 때는 짙은 어둠 속이었다.

온몸으로 느껴지는 이 묵직한 고통이 죽지는 않았음을 알게 했다. 주변을 탐색할 필요는 없었다.

씁쓰름한 탕약 냄새가 공기 중에 흐르고 있었다. 약하게 피비린내도 섞여 있는 이곳.

의약전.

“억!”

상체를 일으키려다 가슴에서 느껴지는 찌르르한 통증에 포기했다.

몸이 움직여지지 않았다.

고통에 조금 익숙해지자, 감찰대의 일이 떠올랐다.

중간에 기절이라도 한 건가? 어떻게 마무리되었는지 생각나지 않는다.

기억을 쥐어짜다 보니, 자연히 장 사령과의 대결을 복기하게 되었다. 현격한 내공의 차이를 떠나, 천단공의 기를 제대로 끌어다 쓰지도 못했다.

'이런 바보 같은 놈!'

실전에 쓰지 못하는 무공이 아무리 절세기공이면 뭘 하나? 나름의 진전에 만족해, 우쭐해 하던 모습이 떠올라 그렇게 싫을 수가 없었다.

"흐으윽."

갑작스런 격한 감정이 몸에도 영향을 끼치는지, 전신을 쑤셔대는 통증에 부들부들 떨리기까지 했다.

"왼팔이 조금 더 심하긴 해도, 몇 군데 외상은 별거 아니네. 내상도 두어 달이면 회복될 거고. 문제는 오른쪽 다리인데, 경혈들이 너무 손상됐네."

"그럼, 어떻게 해야 합니까?"

"일단은 긍정적으로 생각하고, 치료에 전념하세. 아! 당분간 운기는 금하게. 혈들이 제자리를 찾아야 하니까."

날이 밝자마자, 의관이 다녀가며 한 말이었다.

뭔가 다 말해 준 것 같지는 않다. 하지만 직감적으로 알 것 같다. 부서진 경혈을 회복시킬 방법이 마땅치 않은 것이다.

장 사령의 장법을 엉겁결에 받아칠 때, 중심축이 된 것이 오른쪽 다리다. 혹시나 하는 생각으로, 대혈들을 개방해 천단기를 끌어보다가 급격한 고통에 포기하고 말았다.

며칠을 멍하니 있었다. 복수심, 자괴감 이런 것에서 벗어나자, 단번에 무기력함에 빠진 것이다. 이후엔 불확실한 무림맹에서의 미래가 온종일 머리를 지배했다.

'후우!'

며칠째 의관의 방문도 뜸해졌다. 이제 포기를 한 것인지?

불안에 떨고 있던 이한은 갑자기 천단공의 잠혈(潛穴)이 생각났다.

"헉!"

그래! 경혈동법.

천단공을 굳이 구분하자면, 대혈을 개방하는 기본공과 잠혈을 찾아 강화하고 서로 유기적으로 연결하는 경혈동법(經穴動法), 강화된 혈을 통해 본격적으로 자연기와 소통하는 경혈통기법(經穴通氣法)으로 나눌 수 있다.

망가진 혈과 연관된 잠혈을 찾아내 강화시키고, 그 기운을 다친 경혈로 보낼 수 있다면?

어쩌면 치료가 가능할 것 같았다. 아니, 천단경이 옳다면 논리적으로 이 방법이 효과가 있어야 한다.

의관에게 부탁해서 외성 경비대 숙소의 짐을 가져오게

했다.

그날부터, 이해가 되지 않는 부분은 아예 외워 가면서, 혈(穴)의 세계에 빠져들었다.

그동안의 대혈에서 벗어나, 본격적으로 잠혈들을 탐구하기 시작했다.

'하! 이제 시작해 보자.'

짜증이 날 정도로 집중을 해야, 며칠에 하나 정도 잠혈의 위치를 특정할 수 있었다. 어렵게 몇 개의 잠혈을 찾아내, 드디어 경혈동법을 시도해 볼 수 있게 된 것이다.

"믿기 힘들었는데, 사실이군."

의관은 이한의 다리를 꾹꾹 눌러 보고 있었다.

"많이 좋아진 것 같은데, 조금씩 움직여도 될까요?"

이한은 아직도 고개를 갸웃거리고 있는 의관에게 재차 물었다.

"의관님?"

"아! 당연히 그래도 되네. 무리하지는 말고 조금씩 움직이게. 그런데 어떻게 한 건가?"

"의관님 말씀대로 꾸준히 치료를 받아서 그렇겠지요."

이한의 다리는 불과 삼 개월 만에 몰라보게 제 기능을 되찾고 있었다. 천단경의 경혈동법은 다행히 효과가 있었다.

애초에 존재조차 몰랐던 잠혈이라, 일일이 확인하는 것부터 보통 일은 아니었다. 혈을 찾았더라도 끈질기게 관조하며, 그것을 진동시키고 활성화하는데 집중해야 했다.

그러고서야 연관된 잠혈들을 이어서 다친 혈을 강화하고 복구해 나갈 수 있었다.

고도의 정신력을 요하는 어려운 일이었다.

"그래서? 이 새대가리 놈아! 좀 조리 있게 설명해봐!"

의관 이한서는 갑자기 후회가 밀려들었다. 사부인 이 늙은이의 지랄 맞은 성격을, 알아도 너무 잘 아는 자신이 왜 여기를 찾아왔을까?

그것도 자진해서.

"이제까지 다 설명드렸는데요."

"그러니까 니 말은 경혈을 다 부숴 먹은 어떤 애가 있는데, 석 달 만에 멀쩡해졌다는 거 아니냐?"

"멀쩡은 아니고요."

딱—

"악! 아이고."

말을 하던 이한서는 갑자기 머리를 감싸 쥐고 고통에 찬 비명을 질렀다.

"이 거지발싸개 같은 놈아! 그 말이 그 말이지."

이한서를 한 번 더 노려본 노인는 확답을 요구하는 단호한 목소리를 냈다.

"확실하지? 만년설삼 같은 영약도 아니고, 내공이 흘러넘치는 고수의 도움도 아니란 말이지?"

"옛! 확실합니다."

이한서는 한손을 이마에 대고 재빨리 대답했다.

"가자!"

"예?"

딱—

"아악"

두 사람이 사라진 원로원은 다시금 일상의 고요로 돌아갔다.

"아프다는 놈의 혈색이 어째 우리보다 좋잖아."

"내가 무슨 죽을병에 걸린 것도 아니고, 이제 자주 오지 마라. 내일부터는 뛰어다녀도 될 것 같다."

이한의 침상 곁에 웅도와 이난설이 와 있었다.

"그런데 감찰대에서 연락은 왔어?"

"응. 의약전을 나오는 데로 출두하라더라."

"걱정할 거 없다. 추가 놈과 장 뭐시기도 감봉 처분으로 마무리했다더라. 보는 눈이 있는데, 더 과하게는 못하지."

"후우! 그랬으면 좋겠다."

웅도의 호언장담에 이난설은 작게 한숨을 쉬었다.

의약전 입구에는 아까부터 나이를 짐작하기 어려운 노인네가 이한을 기웃거리고 있었다.

약간 굽어진 완고한 어깨며, 불거진 광대뼈와 꽉 다문 입매. 결코 웃을 것 같지 않는 눈빛은 절대로 만만한 인물이 아님을 보여 주고 있었다.

그날 감찰대에 한바탕 소란이 일어났다.

수석 감찰관 정창명은 난감해하며, 눈앞의 노인에게 연신 사죄를 하고 있었다.

"새로 들어온 무사들이 많아서 어르신을 미처 알아…."

"아아, 그건 됐고."

공손추는 정창명의 말을 끊고, 찻잔을 입으로 가져가 가볍게 입술을 적셨다.

상선의(上仙醫) 공손추.

초대맹주인 인의검(仁義劍) 이한백의 초빙으로 무림맹과

인연을 맺으면서, 무림맹과 생사고락을 함께한 얼마 남지 않은 원로 중의 원로였다.

뛰어난 의술로 누구에게나 인정받는 인물이지만, 성격이 괴팍하고 행동이 자유분방해서 괴의라고 더 많이 알려져 있었다.

"창명아!"

정창명은 돌연 바짝 긴장한 표정으로 공손추의 얼굴을 바라보았다.

공손추가 상대의 이름을 부르는 때는 기분이 아주 나쁘다는 표현이거나, 상대에게 어려운 부탁을 하는 경우뿐이었다.

"의약전에 누워 있는 이한인가 하는 애 알지?"

"이한? 아! 예."

"내가 좀 데리고 가야겠다."

"데리고 가신다는 말씀은?"

"아! 무슨 말귀를 못 알아들어?"

공손추의 역정에도 정창명은 차분히 설명했다.

"맹의 정식 무사로 등재된 아이입니다. 더구나 지금은 의약전에 있어서 그렇지, 엄밀히 보면 죄인 신분이나 다름없습니다. 처벌이 끝난 것도 아니고, 함부로 신병을 처리할 수는 없습니다. 어르신!"

"별 게딱지 같은 핑계 대지 말고, 나머지는 네가 알아서 처리하면 되지. 수석 감찰이라며?"

잠시 머뭇거리던 정창명은 뭔가 결심한 표정으로 말했다.

"그 아이를 데려가시려는 이유라도 좀 알려 주십시오."

"그건 알 거 없고. 설마하니 내가 그 애를 잡아먹기야 하겠냐?"

"음!"

정창명은 공손추의 표정에서 뭔가를 알아내려고 쳐다보다가, 잠시 생각에 잠겼다.

"이런 썅! 내가 언제까지 네 설익은 면상을 쳐다보고 있어야 하냐?"

정창명은 공손추의 재촉에 마지못해 입을 열었다.

"어르신! 이렇게 하지요. 그 아이를 원로원소속 무사로 보내겠습니다. 그다음에야 어르신께서 알아서 하십시오."

"원로원 무사? 아쉬운 대로 그것도 괜찮군."

공손추는 무언가 미진한 인상이었지만, 고개를 끄덕이며 일어났다.

"오늘 일은 장부에 기록해 두겠다."

"예? 아! 감사합니다. 살펴 가십시오!"

공손추는 남의 부탁을 쉽게 들어주는 성격도 아니지만, 자신도 남에게 신세 지는 것을 아주 싫어한다. 꼭 그에 상응하는 대가를 지불하기로 유명했다.

공손추를 집무실 밖까지 배웅하고 돌아온 정창명은 감

찰원을 불렀다.

"영선당의 한 당주에게 식사나 같이하자고 전하게!"

총관부에 소속되어 있는 영선당은 하급 무사들의 인사를 담당하는 부서였다.

의약전을 나오던 날.

감찰원이 찾아왔었다. 이 개월의 월봉 삭감과 원로원으로 가라는 전출 서류를 내밀었다.

이한은 감찰원에게 처분을 받아들인다는 수결을 해 주었다.

뭔가 일이 급하게 돌아간다는 느낌이었지만, 외성 경비대를 떠난 것만으로도 감사하기로 했다.

하지만.

어째 원로원도 만만치는 않은 것 같다.

"우리야 어차피 여러 풍파를 다 겪어서, 여기가 차라리 편하네만. 앞길이 구만리 같은 사람을 이런 곳으로 보내면 어쩌나. 혹시 높으신 분에게 찍힌 거라도 있나?"

"여기가 어때서요?"

"앞으로 한 달만 지내 봐. 그럼 알아."

"이 사람! 쓸데없는 소리는. 지금 막 온 사람한테. 어떻게 보면 여기 만한 데도 없기는 하지. 욕심만 없으면."

종도라는 마흔을 넘긴 무사가 막내라니!

이제 이한까지 열여섯 명이 된, 이곳 원로원 무사의 반수 이상이 거의 은퇴를 앞두고 있다고 해도 과언이 아니었다.

한때 수십이 넘는 원로들이 이곳 용수골에 자리를 잡았던 적도 있었다. 하지만 대부분 맹 내의 새로운 원로원으로 들어가고, 일부만 남았다.

그러니 그 관리 무사들도 당연히 줄 수밖에 없었다.

십여 일이 지나자 이한은 원로원의 일상에 익숙해져 갔다.

맹에서 물품을 수령해, 원로들이 잘 챙겨 갈 수 있도록 약속 장소에 가져다 놓고, 비축 물품은 창고에 정리하면 되었다.

나머지는 순찰을 핑계로 자유나 마찬가지였다.

조원 대부분이 방성에 가족이 있는 관계로, 밤이면 숙소에 몇 남지도 않았다.

숙소건물이 작은 이유가 있었다.

이한은 조원들이 산채라 부르는 숙소에서 멀지 않는 곳에 자신만의 장소를 만들었다.

그리 넓지는 않지만, 나무들이 둘러싸인 삼면과 앞쪽이 터여 있어 전망이 꽤 좋은 자리였다.

많이 나았지만, 아직 무리를 하면 약간씩 저려 오는 다리를 꾹꾹 눌러 풀어 주었다.

끝이 없었다.

잠혈을 찾는 것도. 그걸 활성화시키는 것도.

경혈동법의 효과에 만족하면서도 요즘 들어 조바심이 났다.

바닥나 가는 인내의 새로운 돌파구로 다음 단계인 경혈통기법을 생각했다. 망설이다가, 결국 조금씩 손을 대고 있기는 하다.

하지만, 스스로는 알고 있다. 새로운 혈을 찾기도 어렵고, 어느 정도까지 혈을 키워야 하는지 한계도 알 수가 없는 경혈동법의 도피처라는 걸.

피한다고 될 일도 아니고, 다시 시작해야 한다는 걸 잘 알고 있었다. 의지를 굳히며 마음을 다잡았다.

'응?'

본격적으로 경혈통기법에 입문하지 않았어도, 잠혈들이 추가될수록 몸을 드나드는 기의 양이 점점 많아졌다. 따라서 기감도 많이 예민해졌다.

무언가 거슬리는 존재가 주위에 있는 것 같은데, 확실히 잡히질 않았다.

하지만 뭔가는 있다!

이한은 전신의 혈들을 완전히 개방하고, 기감에 집중했다. 갑자기 뒤쪽으로 고개를 획 돌렸다.

"누구냐?"

"거, 어린놈이 목구멍만 키웠나? 왜 소리는 지르고 그래?"

돌연히 이한의 왼쪽에서 목소리가 들렸다.

보통의 키에 불거진 광대뼈, 서늘한 눈빛.

상선의(上仙醫) 공손추였다.

공손추는 상당히 놀라고 있었다. 두어 달 동안 이한의 빠른 진전에 반신반의했다.

처음 산에 올 때 불편해 보이던 다리는 어느새 무공을 수련할 정도로 정상이 되었고,

얼마 전부터는 자신의 기척을 감지해 내고 있는 눈치였다.

급기야 오늘은 자신의 은신을 정확히 포착해 내었다. 급히 위치를 바꾸었지만, 더 이상 은밀히 지켜보는 것은 포기할 수밖에 없었다.

이한은 조심스럽게 상대를 살폈다. 차림이나 분위기를 봐서는 원로들 중 한 명이 틀림없었다.

"저… 누구신지?"

"너! 내일 아침나절에 내 거처로 와 봐."

자기 할 말만 하고는 휑하니 가 버리는 공손추였다.

"어! 뭐야…?"

상선의 공손추

공손추의 거처는 용수골 중간의 아담한 분지에 있었다.

아기자기한 물길이 있고, 그 주위로 오래된 나무와 크고 작은 바위들의 조화가 볼만해서 가는 길이 전혀 지루하지 않았다.

[자네 설명대로면 상선의 어르신이 확실해. 뭐 시키실 일이라도 있는 모양이지.]

상선의라는 원로에 대해, 이것저것 설명해 주던 조장은 대수롭지 않게 말했다.

공손추의 거처는 깔끔했다.

개울을 끼고, 나지막한 목책의 담장 안에 두 채의 건물이 있었다. 목책을 따라 심은 야생초들이 운치를 더했다.

뜰에서 서성이고 있는 공손추가 보였다.

이한은 갑자기 마음이 급해져 걸음이 빨라졌다.

"뭔 걸음이 그렇게 느려 터져."

공연스런 타박에 이한은 머쓱해 하며 목례를 했다.

"들어가자."

마주 앉은 노소 사이에는 어색한 침묵이 흘렀다.

공손추는 난감해하고 있었다.

인체의 혈들을 연구하는데 거의 반평생을 보냈지만, 성과는 미미했다.

이한에게서 어떤 실마리를 보긴 했어도, 그 비기를 무작정 달라고 할 수는 없지 않은가?

"이런 제길! 물이나 좀 떠 와."

찻물을 따르려다, 물이 별로 없는 것을 알자 공연히 심부름까지 시켰다.

"예."

이한은 이한 대로 껄끄러웠다.

상대는 듣기로도 엄청난 맹의 원로다. 괜히 조심스러울 수밖에 없었다.

다시 마주 앉은 노소사이의 침묵을 공손추가 먼저 깼다.

"네가 왜 원로원 무사로 전출됐는지 생각해 봤느냐?"

"예? 그럼…!"

"의약전에 있는 제자에게 네 이야기를 들었다. 다친 경혈을 스스로 치료했다고. 사실이냐?"

"예."

"난 반평생을 혈에 대한 연구로 보냈다. 네게는 놀라운 점이 많더구나. 다친 혈의 복구보다 더한 것이 있다는 느낌이 든다. 그게 뭔지 알려 줄 수 있느냐?"

어투가 조심스럽고 어려웠다.

이한은 망설임 없이 천단공을 꺼냈다.

"여기 있습니다."

공손추는 너무나 쉽게 내밀어지는 천단공과 이한을 번갈아 보며, 커진 두 눈을 감지 못했다.

"허허! 이런 지랄 같은 경우가 있나!"

그동안 진지함을 넘어 사뭇 비장해 보이던 공손추의 얼굴이 순간 허탈해졌다.

"백설피(白雪皮)구나! 이걸 실제로 보게 되다니."

백여 장의 종이로 된, 천단공을 들추던 공손추는 감탄의 목소리를 냈다.

'엇!'

스승인 진 노인도 종이의 재질을 밝히는 데 실패했는데, 공손추는 단번에 알아봤다.

이한의 눈빛에 경외감이 섞였다.

탄성을 지르며 천단경 한 장 한 장을 일일이 쓰다듬던 공손추는 내용을 살피기 시작했다.

"아!"

도대체 몇 번의 탄성을 발하는지, 셀 수도 없을 때에서야 고개를 들었다.

멍한 표정이었다.

"삼 일 뒤에 오너라."

이한은 공손추의 거처를 나오면서 만족스럽게 웃었다.

공손추와 마주한 직후, 이미 천단공 때문이란 걸 알았다. 망설이기는 했어도, 내어놓으려는 생각은 굳히고 있었다.

스스로 해독하고 이해하기에는 천단공이 요구하는 지식이 방대하고 심오하다. 많은 시간을 투자해야 한다.

공손추라면 사정이 다를 것이다.

하지만 가장 정확한 이유는 따로 있었다.

맹의 원로면서도, 답을 얻기 위해 어린 평무사에게도 어려워하고 정성을 들이는 그 성정!

사람의 믿음을 배신할 인물은 절대 아니라 확신했다.

이한은 아연하게 공손추를 바라보고 있었다.

불과 삼 일 전의 공손추와 비교하면 완전히 병자 같았다. 두 볼은 쑥 들어갔고, 눈은 퀭하게 뜨고 있었다.

"왔으면 들어오지 뭘 얼쩡거려?"

숨이 다 넘어가는 목소리였다. 누렇게 뜬 안색과 어울리는 목소리이긴 했다.

"어르신, 좀 쉬셔야 할 것 같습니다."

"이런 미친놈! 쉬긴 뭘 쉬어. 정신만 말짱하구만."

이한은 공손추를 억지로 침상에 눕혔다. 뭐라고 중얼거리더니, 이내 조용해졌다.

사람이 뭔가에 진정으로 빠지면 정신을 못 차린다고 하지만, 이건 정도가 심하다.

이걸 열정이라고 해야 할지? 광기라 해야 할지?

"휴우우."

이한은 공손추를 보며 고개를 절레절레 저었다.

"너! 이거 어디까지 수련했어?"

기력을 좀 차린 공손추는 다짜고짜 이한에게 물었다.

"경혈동법 조금 하고, 통기법도 조금 들어가 봤습니다."

"쯧쯧. 그럼 그렇지. 요즘 녀석들은 인내심을 아주 장식으로 들고 다녀요. 이제 통기법은 잊어버리고, 앞으로 삼 년 동안은 경혈동법만 죽도록 파. 인마!"

"예? 삼 년씩이나요?"

"삼 년도 짧아! 한평생을 해도 모자라지. 본래는 네놈 몸이 혈 자체가 될 때까지 해야 하는 건데."

"몸이… 혀, 혈 자체?"

이한은 기겁했다.

몸 전체가 하나의 혈이 된다면 그걸 사람이라 할 수 있을까?

"그렇지! 바로 자연으로 돌아가는 거지. 아니면, 신선이랄까. 허허허."

공손추는 생각만 해도 즐거운지 입이 귀에 걸렸다.

"천단공의 백미는 바로 경혈동법이다. 나머지들은 동법의 경지에 자연히 따르게 되어 있어. 얼마나 혈을 잘 키웠느냐에 따라 제어할 수 있는 기의 크기가 결정된단 말이지."

이한은 익히 알고 있는 사실이긴 해도, 한숨이 나오는 걸 간신히 참았다.

인체의 잠혈이란 수도 없이 많다. 그걸 하나하나 찾는 것도 어려운데, 집중하고 또 집중해야만 하는 일이라 다시 할 생각을 하니 우선 머리부터 아파 왔다.

하지만 하긴 해야 할 일이다.

"내일부터 저녁마다 찾아오너라. 네놈이 혈들을 알아서 잘 찾을 것 같지는 않고, 내가 좀 도와주마. 낮에 수련한 성과도 파악할 겸해서."

"예에!"

자연히 대답의 끝이 주욱 늘어지며 낮아졌다.

"이런 호랑말코 같은 놈아! 뭔 대답이 그리 비실비실해. 제대로 대답 안 해!"

이한의 원로원 생활은 갑자기 바빠졌다.

무사로서의 일과가 끝나면, 딴생각 할 것 없이 바로 경혈동법에 빠져들었다.

성과가 미비하면 세상의 욕이란 욕은 다 들어야 했다.

"야하! 완전히 딴 세상이다."

밤새 내린 눈이 용수골을 별세상으로 만들어 버렸다.

눈꽃의 향연이었다.

여기저기로 가지마다 늘어지게 쌓여 있던 눈 뭉치들이 무게를 못 이기고 후드득 떨어졌다.

눈 구경에 정신이 없던 이한은 공손추의 거처로 달리기 시작했다.

눈 위에서 펼치는 연운신법은 색다른 묘미가 있었다.

평소의 공손추와는 분위기가 달랐다.

묵묵히 약 상자를 정리하더니, 이한에게 들려 주었다.

"따라오너라!"

공손추를 따라간 곳은 바위산의 동굴을 사람이 거주할 수 있게 만든 곳이었다.

바람에 날린 눈들이 하얗게 덮고 있어, 눈 더미에 커다란 구멍이 뻥 뚫린 것처럼 보였다.

호암동(虎暗洞)!

공손추는 자주 들렀던 모양인지, 익숙하게 안으로 들어갔다.

동굴 안은 의외로 아늑하고 널찍했다.

간단한 가재도구와 구석에 나무로 된 침상도 있었다.

침상 위에는 젊었을 때 당당한 체구를 자랑했을 것 같은 노인이 보료에 비스듬히 누워 있었다.

기력이 달리는지 움직임이 힘겨워 보였다.

"좀 어떻소? 연 선배!"

"내 상태를 누구보다 잘 아는 자네가 새삼스럽기는. 이 아이인가?"

"한아! 인사드려라. 낭호(浪虎) 연사철 어른이시다."

공손추는 이한에게 약 상자를 받아 들었다.

"이한이라고 합니다. 어르신!"

"음."

연사철은 고개를 끄덕이며 이한을 잠시 바라보다가, 공손추에게 눈을 돌렸다.

"좋군!"

공손추는 동굴바닥 한쪽에 있는 화덕에서 따뜻한 물을 약사발에 붓고, 가루약을 풀었다.

"좀 씁쓰름할 거요."

연사철은 공손추가 건네준 약사발을 말없이 마시고는

인상을 찡그렸다.

“자네! 여기 뭘 넣은 건가?”

“의약전에 들러서 약재 몇 가지 들고 왔소. 선배에게 좋은 거니 당분간 꼬박꼬박 드시오.”

“이 사람아! 내가 뭘 먹는다고 좋아지나? 괜히 엄한 의약전 애들이나 닦달했겠구먼.”

“선배! 내가 신의는 못 돼도 명색이 의원이요. 의원 말은 들어야 하는 거요.”

“이런 거 많이 먹으면 죽을 때 힘만 들어.”

오랜만에 말을 많이 했는지, 연사철은 숨을 가쁘게 쉬며 힘겨워했다.

공손추는 이불을 끌어다 연사철의 가슴께로 덮어 주며 맥을 짚었다.

“한잠 푹 주무시오. 선배!”

돌아오는 길에 공손추는 연사철에 대해 이야기해 주었다.

“일생을 의와 협을 실천하며 사신 분이지. 명문세가 출신이었다면 일세를 풍미한 무림의 큰 거목으로 기록되셨을 것이다.”

낭호(浪虎) 연사철.

어린 나이에 맨몸으로 무림에 뛰어들어, 사십에 이르러 낭인들의 대형이라 불리었다.

병기를 살 돈이 없어 박투를 익혔다는 그는 싸움의 달인이었다.

수많은 실전으로 완성된 무공은 당시 초절정의 고수들도 대적을 꺼렸을 정도였다.

무림맹 창설 당시 무사들의 훈련 교관으로 초빙되었다.

현재 맹의 지도부 거의 대부분은 아마도 연사철에게 사사한 이들일 것이다.

“자주 찾아뵙고, 말벗이라도 해 드려라.”

공손추는 왠지 침중한 어투로 이한에게 당부의 말을 했다.

이한은 어렵게 구한 연근탕을 들고 바삐 호암동을 향했다.

연사철은 요즘 들어 부쩍 활기를 되찾았다.

이한이 방문할 때마다, 꽤 오랫동안 일어나 자신의 경험담과 박투에 대한 견해를 들려주곤 했다. 가끔은 직접 시범을 보이는 때도 있었다.

‘엇!’

누군가 호암동을 천천히 걸어 나왔다.

헤질 것 같은, 낡은 무복 위로 드러나는 팽팽한 근육이 철벽같이 단단해 보였다.

‘누구지?’

저벅저벅—

걸음마다 심장을 때리는 발자국의 울림이 이한을 멈추게 했다.

권사인가?

양 팔뚝을 감은 검은 용무늬의 가죽 수투(手套)가 은은한 빛을 발하고 있었다.

가까이서 보니, 중년은 훨씬 지났을 연배로 보인다.

하지만 뭔 상관인가? 희끗한 머리가 보이긴 해도, 짱짱한 청년보다 더한 패기로 무장한 인물인 것을.

의도적인지 호암동의 입구를 막고 서 있었다.

더구나 오금이 저려 꼼짝도 할 수 없게 만드는 압박감이 이미 호암동의 전면을 장악했다. 숨이 막혀 왔다.

투기였다.

그물처럼 옥죄이는 기운에 대항해 천단기가 밀려들었다. 위축되었던 심신이 조금 풀어졌다.

상대는 냉정한 눈빛으로 이쪽을 바라보며 버티고 있었다. 그 오연한 광오함이 먹잇감을 눈앞에 둔 대호의 눈빛을 닮았다.

싸움을 주도하는 전의(戰意)와 공간장악은 이미 빼앗겼다. 악조건을 견디며 뚫고 가는 수밖에 없다.

그런데 이게 무슨 상황인 거지? 살기가 없는 걸 봐서는, 일종의 시험 같기는 한데.

“누구십니까?”

이한의 물음에 상대가 흠칫했다. 아마도 거친 투기의 기세 속에서 말을 할 여유는 없을 거라 여긴 모양이다.

"광무!"

대답과 함께 암경이 쏘아져 왔다.

"헉!"

이런 빠름이라니!

팍—

일단 연운구권의 방어권인 포권으로 막아 냈다. 뭔 쇳덩이를 쳐 낸 기분이었다.

숨 돌릴 틈도 없이 혈들을 모조리 개방했다.

광무가 쇄도와 더불어, 묵직한 일 권을 날려 왔다. 수투 때문인지 마치 흑룡이 내리꽂히는 듯했다.

이한도 우권을 말아 쥐고, 천단기를 최대한 집중시켰다.

쾅—

철벽에 부딪친 느낌과 함께 주르륵 밀려났다. 탈골까지는 아니어도, 어깨가 욱신거렸다.

하지만 상대는 별 타격이 없나 보다.

이한을 힐끗 쳐다보더니, 아무 일도 없었다는 듯 스쳐 지나갔다.

"윽."

아직도 내밀고 있던 우권을 내리며, 이한은 비틀했다.

아직 갈 길이 멀었다!

"어떻더냐? 좀 벅차지?"

연사철은 밖의 정황을 훤하게 짐작하고 있었다.

"부족함을 절감했습니다."

"허허허. 상대가 삼 대 낭인의 일인인 단철권(斷鐵拳) 광무다. 더구나 박투의 시작과 끝이라는 투기와 공간장악을 모두 내주고 시작했으니, 그리 나쁜 것은 아니야."

'음, 단철권 광무!'

광무와의 대결을 되새기는 이한을 보며, 연근탕을 마시던 연사철은 싱긋 웃었다.

"헌데 내가 박투연환백절(搏鬪連環百絶)에 대해 이야기했던가?"

"예. 즐겨 쓰시던 기술들을 모아볼 거라 하셨습니다."

"며칠 전에 마무리를 지었다. 생각보다 꽤 많더군. 혹, 배워 볼 생각 있느냐?"

"배워… 아!"

심장이 격하게 뛰기 시작했다.

박투연환백절

[내공? 좋지. 헌데 그걸 담는 그릇도 중요해. 특히 온몸이 무기여야 하는 박투는 체력이 필수야. 우선 체계적으로 육체를 단련하는 방법부터 배워야 해. 광무가 도와줄 거다.]

대별산의 지류인 구청봉은 험하기로 유명하다. 봉우리 아래의 비천대는 족히 오십 장은 넘어 보이는, 수직에 가까운 절벽이었다.

그 위에 단철권 광무가 서 있었다.

"그래 가지고 오늘 중에 올라올 수나 있겠나?"

절벽 중간에 위태롭게 매달려 있는 이한에게 하는 말이었다.

"발보다는 손을 사용하라고 했잖아. 악력을 단련하는 거라고 몇 번을 말하나? 그 정도면 동네 똥개 새끼도 알아듣겠다. 손에 힘을 주라고. 그래! 쭉쭉 잡아당겨."

'아우! 정말.'

눈앞에 있었으면 분명 한 대 쳤다.

이를 뿌드득 갈면서, 비좁은 바위틈에 손가락을 걸고 있는 이한은 정상적인 사람의 형상은 아니었다.

벌써 열흘째, 이 지옥 같은 절벽을 기어오르고 있었다. 손은 이미 곳곳이 터져 피투성이였다. 그래도 팔을 뻗고, 몸을 당겨 올리고 하는 것이 용했다.

틈이 너무 멀다!

한 손으로 몸을 지탱하고, 반동을 줬다. 약한 흔들림에도 손가락의 상처들이 야단이다. 고통이 심해졌다.

휙—

팔을 최대한 뻗어 튀어나온 바위의 돌출부를 잡았다. 이후 몸을 지탱했던 손을 목표했던 바위틈에 걸쳤다.

하루에도 몇 번씩 구사일생을 하고 있다. 위로도 한참 남았지만, 발아래도 까마득했다.

"휴우."

체계적인 단련?

비천대를 오른 지 이틀 만에 물어봤다. 이건 너무 무식한 방법 아니냐고. 수련장의 여러 도구들이 차라리 효과적일 것 같다고.

[그게 요즘 방식인가? 난 그런 거 몰라. 육체를 극한까지 몰다 보면, 알아서 적응한다는 건 알지. 왜? 포기하려고?

어차피 대가 받고 하는 거, 일찍 포기하면 나도 편하지. 근데 말이야. 겨우 이틀 해 놓고, 이딴 거 물어볼 정도로 허접한 놈이었나?]

젠장! 허접한 놈 되기 싫어서라도 올라간다.

으득—

[이 동작들을 다 익히는데, 오래 걸리지 않았을 것이다. 이름만 거창하지, 별것 없는 것도 사실이지. 하지만 그것들을 적재적소에 사용하고, 어떤 조합으로 연속기를 만들어 낼지 그 감각이 중요한 것이다. 그리고 체력단련과 기술들의 연계성은 항상 염두에 두어라. 무의미한 단련은 몸만 혹사시키는 것이니.]

아침나절에 연사철에게 한바탕 훈계를 듣고 호암동을 나왔다.

광무가 기다리고 있었다.

이한은 손에 감은 면사들을 풀어 던졌다. 공손추의 외상약이 좋은 건지, 이제 깊은 상처는 없다. 하지만 몸의 내부 장기들은 엉망으로 뒤엉켰을 것 같다.

광무가 들고 있는 저 방패에 수도 없이 부딪혔다.

머리부터 어깨, 팔, 다리, 심지어 엉덩이까지. 고상한 말로 진박(晋搏), 비견(飛肩), 상완투(上腕投)등 몸체로 박아가는 기술들에 필요하다나.

"그만 노닥거리고 오지."

벌써 한 달이 되어 가면서, 광무의 저 까칠한 말투도 이제는 적응이 되었다.

"광 사부! 일 장이 얼마 안 남았다는 것 아시죠?"

"사부라고 하지 마라."

"뭐 어쨌든, 약속은 지키십시오."

팍—

주변을 정리하던 이한은 발작을 일으킨 듯, 급작스럽게 뛰었다. 방패를 들고 있는 광무의 얼굴에 긴장이 어렸다.

쾅—

방패가 주룩 밀려났다가, 이한을 튕겨 냈다.

"억."

허공을 잠시 떴다가, 등으로 떨어진 이한이 튕기며 몸을 세웠다.

"후욱, 훅. 이제 진짜 얼마 안 남았네요."

장족의 발전이었다. 처음에는 광무의 방패를 밀어내기는커녕, 이 장도 넘게 패대기쳐 뒹굴었다.

오죽하면 광무가 자신이 일 장 이상 밀리면, 이한이 원하는 걸 준다고 했을까. 그때는 본연의 무공에 방패까지 있으니, 설마 했다.

이제 거의 끝 선이다!

광무의 얼굴에 긴장감이 감돌았다.

이한이 공손추의 거처와 호암동을 오가며 정신없는 날을 보내고 있을 때, 무림맹도 놀고 있지는 않았다.

무림맹의 가장 큰 행사인 무맹평의회(武盟評議會)가 열렸다.

정파 백 대 세력의 대표들과 맹의 주요 인사들이 참석하는 무림맹 최고의 의사결정 회의였다.

"수고하셨소. 대군사!"

"가장 바쁘셨을 총관께 그런 말을 들으니 민망하군요."

무림맹 살림을 책임지고 있는 총관부의 수장, 총관 석장경이 대군사 사마소를 맞았다.

"하! 맹주께서 조금만 나서 주셔도 평의회에서 그런 망발들은 안 나왔을 것을. 휴우."

석장경은 이번 회의의 결과가 많이 마음에 들지 않았나 보다.

"워낙 무골이신 분 아니오. 치세에는 무관심한 분이라서 맹주로 취임하실 때부터 예견됐던 거지요."

당금 무림맹 맹주는 장천(掌天) 예진광이었다. 무당의 송진자에 이어서 칠 년 전에 맹주로 추대되었다.

마교주와 양패구상한 후, 결국 죽음을 맞이한 전전대 맹주였던 검조(劍祖) 남궁대백과 현 소림방장의 사숙조인 불성(佛聖) 백현과 더불어 삼성(三聖)으로 불렸다.

특별한 치우침 없는 공평무사한 처신으로 많은 이들의 존경을 받고 있었다.

"흑천에 대한 대처야 그렇다 쳐도, 감찰단주에 화산의 태정검이 말이 됩니까? 무맹단의 발도 꽁꽁 묶어 놓고, 신입 수련 무사 선발을 당분간 유예한다니. 이건 대놓고 우리 연맹파 죽이기 아닙니까? 이것 참."

"뭐 어쩌겠습니까? 맹주께서 죽원으로 돌아가시면서, 신신당부하시더군요. 무림맹은 정파 모두의 것이고, 백 대 문파가 존재해야 무림맹이 존재한다는 점을 잊지 말라고요. 다만 그 파벌싸움을 우리 연맹파가 잘 조율해 주기 바란다고 하셨습니다."

"음."

무림맹의 주축인 백 대 세력도 내부적으로는 나누어져 있었다.

구파일방을 중심으로 한 정의회(正義會)와 세가들의 연합체인 세가련(世家聯). 그리고 크고 작은 방파의 연합인 군웅회(群雄會). 정식 모임이 있는 것은 아니지만, 순수 무림맹 출신들을 연맹파(聯盟派)라 했다.

"그것보다도 밀전의 정보에 의하면 흑천이 청해 쪽에서

뭔가 일을 벌일 모양입니다."

"암암리에 활동하던 그들이?"

"청해 지부와 당문에 연락은 해 놨습니다만, 차후에 상황을 봐가면서 직접 출정을 했으면 합니다."

"경비를 알아서 빼 놔라는 말이군요. 헌데 찬성들을 할까요?"

"평화시기가 너무 길었습니다. 그러니 암투나 하고 파벌 찾는 겁니다. 이번을 기회로 맹의 결속력을 다져볼까 합니다."

"호오."

석장경은 사마소의 취지에는 동감하지만, 쉽게 백 대 세력의 찬성을 얻을 것 같지는 않았다.

이한이 탄탄하다 못해 거의 철벽처럼 보이는 중늙은이, 광무를 배웅하고 있었다.

몸이 불편한 연사철을 대신해 근 두 달여간 이한의 체력과 기본 박투공을 손봐 줬다. 처음과 달리 이한의 태도가 극진했다.

"살펴 가십시오. 언젠가 밖에서 뵐 날이 있지 않겠습니까?"

"음."

단련 때를 제외하고, 극도로 과묵했던 광무는 그저 고개만 가볍게 끄덕였다.

얇은 책자 하나를 휙 던져 주고, 무심하게 몸을 돌려 걸어갔다.

"헛!"

"약속은 약속이다."

"전 그냥 훈련이 힘들어서 농담 삼아…."

"난 그런 거 모른다. 네가 익히지 않을 거면, 태워라."

몇 걸음 만에 뒷짐을 지더니, 휑하니 경공을 사용해 땅을 박찼다.

철탄공(鐵彈功).

광무가 무림 삼 대 낭인의 지위에 오르는데, 많은 도움이 된 무공이다. 몸의 일부분을 순간적으로 철벽처럼 만드는 일종의 반탄공이었다.

"잘 갔느냐?"

"예, 이걸 주고 가셨습니다."

"그냥 가기는 미안했던 모양이군."

연사철은 철탄공의 구결이 적힌 책자를 물끄러미 바라

보았다.

광무가 연사철에게 얻고자 했던 건, 낭인령(浪人令)이었다.

낭인들이 대형 연사철을 위해 만든 옥패였다. 천하의 낭인들이 모여 낭인회라는 단체를 만들려는 이 시기에, 낭인들의 전설 연사철의 추인은 엄청난 명분이다.

하지만 광무가 만난 연사철의 의사는 확고했다. 낭인은 자유로워야 낭인이라는 것. 낭인회란 자체를 싫어했다.

그러면서도 낭인령을 광무에게 주었다. 이한의 수련을 핑계로 댔지만, 자신이 죽기 전에 어떤 형태로든 낭인들에게 돌려주고 싶었던 것이다.

"너무 걱정하지 마십시오. 낭인령을 사사로이 사용할 인물은 아닌 것 같습니다."

"그래, 그래야지."

연사철은 허전해 했다.

비록 뜻하지 않게 낭인의 길을 포기했지만, 몸의 일부처럼 여겼던 물건이라 더 할 것이다.

이한은 조용히 호암동을 빠져나왔다. 회상에 빠진 연사철을 방해하고 싶지는 않았다. 어제까지는 다섯 곳의 단련장을 광무와 같이 돌았지만, 이제 혼자다.

"후우우."

심호흡과 함께, 첫 단련장인 비천대를 향해 몸을 날렸다.

연사철은 대별산의 녹음이 힘을 잃어 가던, 구월의 어느 날 숨을 거두었다.

"총관부에 부고를 띄우라고 전해라."

공손추는 눈시울을 붉히고 서 있는 이한을 재촉하면서, 연사철의 주검을 수습하기 시작했다.

장례절차는 일사천리로 진행되었다. 맹은 연사철의 노고를 치하하여 낭호무군(浪虎武君)으로 추존하고, 십 일의 장례 기간을 결정했다.

원로원 무사들은 조문을 마친 방문객을 외성의 숙소로 안내하느라 정신없이 바빴다.

이한도 마찬가지였다.

"휴! 우리도 좀 쉬자."

종도는 이한의 소매를 당기며 접객원 건물의 구석으로 향했다. 정원 한쪽의 그늘에 앉아 다리를 쭉 폈다.

"어머! 얘가! 남궁천 공자님을 못 봤구나."

"아무리 그래도 화산의 장일산 공자님만 하겠니? 취온청에서 나오다가 딱 마주쳤는데, 숨도 못 쉬겠더라."

"남궁 공자님을 한 번이라도 보고 말해."

"난 남궁 공자님은 고사하고, 창천대 무사님이라도 좋겠다. 맹의 무사들과는 질적으로 틀려."

“올라가지 못할 나무는 쳐다보지도 말아. 이것아!”

“내가 뭐 어때서.”

몇 명의 시녀들이 두 사람을 보지 못한 채, 재잘거리면서 지나갔다.

“계집애들이란, 참!”

“창천대가 들어와 있었어요?”

“몰랐나? 들어온 지 한참 됐는데. 맹에 잘 안 내려와서 몰랐나 보네.”

“예.”

“그럼, 청해 소식도 모르겠구나. 두어 달 전에 청해 지부와 흑천이 붙었어. 당문의 지원 무사들이 있었는데도 많이 밀렸나 봐. 추혼수(追魂手) 어른이 당도해서야 물러났대.”

“사상자가 많데요?”

“자세한 건 모르지. 소문만 들었으니까. 맹에서 정식 발표가 있었던 것도 아니고.”

이한은 진계범이 생각나서 걱정이 되었다.

“하여튼, 좋은 시절은 다 갔나 봐. 광동 쪽에는 진마방 놈들이 설치는 바람에 우리 지부가 바짝 긴장하고 있대잖아.”

종도는 맹의 잡다한 소식을 말해 주었다.

이한은 장례일정을 마치고 원로원으로 돌아와 연사철의 유품을 정리했다.

마지막 남긴 두 가지는 팔꿈치에서부터 손등을 완전히 덮은 무투권갑(武鬪卷甲)과 연사철 일생의 정화라고 할 수 있는 박투연환백절이었다.

무투권갑은 진한 회색의 가죽에, 크고 작은 여러 모양의 흑색 철갑들이 덧대어져 있었다. 권갑을 착용하고 팔꿈치와 손목을 움직여 보았다. 부드러운 가죽의 신축성 때문인지 움직임에 불편은 없었다.

연운구권과 회선각이 춤을 추고 있었다. 빠르게 나가던 주먹이 갑자기 느려지고, 휘어져 가던 횡격이 직격으로 바뀌며 속도가 더 붙었다. 종횡으로 훨씬 변화가 심해졌다.

연사철의 심득이 더해져, 강과 유의 적절한 조화로 훨씬 부드럽고 자유로운 동선이 만들어진 것이다. 더 이상, 이전의 연운구권과 회선각이 아니었다.

움직임을 우뚝 멈춘 이한은 한동안 권갑을 벗지 못했다. 조용히 호암동 방향을 향해 배례를 하고, 한참을 엎드려 있었다.

혈전도

이한은 일찌감치 공손추의 거처를 찾아가 기웃거렸다.

"왜 아침 댓바람부터 얼쩡거려. 정신 사납게."

공손추의 타박에도 꿋꿋하게 여기저기를 들쑤시고 다녔다.

"야! 이 자식이. 너 지금 반항하냐? 당장 기어들어 와!"

이한이 앉자마자, 공손추는 지필묵을 제쳐 두었다.

"무슨 일인지 말을 해."

"사실 청해 지부 지원대에 관심이 있습니다."

"갔다 와."

"예?"

공손추의 시원한 대답이 오히려 말문을 막게 했다.

"그, 그러면 천단공의 수련에 지장이 많을 텐데요?"

"요즘 나도 긴가민가할 때가 있다. 네 몸으로 몇 가지 실험을 해 보긴 했지만, 워낙 상리를 벗어난 부분이 많아서 안전성에 자신이 없어. 시간이 더 필요해."

"안전하지도 않은 걸, 제 몸으로 실험을 했다고요?"

"뭐! 이 싹퉁머리 없는 놈. 그럼 네가 해야지. 내가 하랴. 당장 가서 짐이나 싸."

"아직 신청도 하지 않았는데, 뭔 짐을 싸요."

"그럼 빨리 가서 신청이나 하든지."

공손추는 퉁명스럽게 말하고는, 뭔가를 중얼거리며 신경질적으로 천단공을 뒤적였다.

일단 허락을 받는 소기의 목적을 이룬 이한은 살며시 공손추의 거처를 빠져나왔다.

오랜만에 무림맹이 들썩였다.

흑천과 대립중인 청해 지부에 지원대를 보낸다는 공고가 붙었다. 필요한 차출 인원을 제외하고, 일반 무사를 대상으로 한 선발인원은 오백 명이었다.

'대주는 환영창(幻影槍) 조무백, 군사는 이학유….'

일단 지원신청을 하고, 공지를 다시 읽어보고 있는 이한의 곁으로 웅도가 다가왔다.

"아우, 씨. 사 대 전단은 안 된단다. 무슨 비상대기라나."

"그 봐. 그렇다니까."

웅도가 소속되어 있는 사대전단(戰團)은 무림맹의 실질적인 힘을 상징하는 네 곳의 무력단을 말한다.

구파일방의 고수들이 주력인 정의단(正義團)과 세가 연합의 진무단(振武團), 그 외 대소방파의 무사들이 모인 철혈단(鐵血團). 그리고 무림맹 자체 조직인 무맹단(武盟團)이었다.

"기분도 꿀꿀한데, 한잔하고 올라가라."

"글쎄."

"야! 소개해 줄 사람도 있단 말이야. 네가 자주 내려오는 것도 아니고, 이런 기회에 친구도 좀 사귀고 하는 거지."

우선 잘 생긴 건 확실했다.

청색의 무복과 은빛 검집의 고검이 그렇게 잘 어울릴 수 없었다. 하지만 이한의 눈길을 끄는 건 손이었다.

깔끔하게 빗어 넘긴 머리카락을 쓸어 넘기던 그 손! 온통 굳은살과 상처가 나은 흉터였다. 말끔한 모습과 어울리지 않는 손이지만, 뛰어난 검수란 걸 짐작하게 했다.

만약 적이었으면 최대한 경계를 해야 할 상대인 거고.

"이형의 말씀은 많이 들었습니다. 전 웅도에게 지고는 못 살 거든요. 앞으로 이 친구와 똑같이 대해 주십시오."

남궁세가의 소가주인 걸 떠나서, 인성도 나쁘지는 않은 것 같다.

검룡 남궁천이었다.

방성의 대표적 명소인 진수하의 끝자락에 위치한, 월하각(月下閣)의 별청에는 독하기로 유명한 진홍주의 빈 병이 많이 굴러다녔다.

"진홍주에는 역시 이 향고유채(香姑油菜)가 제격이지요. 마침 신선한 표고가 들어와서 향이 아주 좋습니다. 헤헤헤."

아부가 극에 달한 점소이의 상술만은 아니었다. 이렇게 술이 잘 들어가는 날도 있다.

낮부터 시작한 술자리가 조금 오래 가고 있었다.

공손추의 거처에서 산채로 돌아가던 이한은 우뚝 멈춰 섰다.

길목에 청수하게 생긴 중년인이 서 있었다.

머리를 유건으로 깔끔하게 정리하고, 백색의 무복을 단정하게 여미고 있었다.

수석 감찰관 정창명이었다.

"정창명이라고 하네."

"아! 일전의 도움에 감사드립니다. 감찰관님!"

"지나간 일은 됐고. 자리 좀 옮기지."

산채에서 떨어진 공터로 이동한 정창명은 걸음을 멈추자마자, 똑바로 세운 수도(手刀)도 이한의 가슴을 찔러 왔다.

이한은 당황하면서도 상체를 휙 젖혔다. 수도를 회선각으로 막고는, 몸을 회전해 균형을 잡았다.

"흐흠!"

정창명은 이한의 민첩한 대응이 마음에 드는지 씨익 웃었다.

"지원대에 신청을 했더군. 그 세 명의 선정관 중 한 명이 나일세."

"그럼 이게 시험이란 말입니까?"

"정식으로는 아니지만, 개인적으로 궁금해서 말일세. 특히 자네의 그 도! 좀 보여 줄 수 있는가?"

이한은 의아한 표정으로 정창명을 바라보다가, 결국 도를 들었다.

낮게 심호흡을 하며 혈들을 개방했다. 천단기가 기분 좋은 느낌을 주며 채워져 왔다. 도를 잡은 손아귀에 힘이 몰려들자, 지긋이 도신을 끌어 올렸다.

정창명을 향하여 보법을 밟아 갔다.

혈전도 특유의 간결하고 직선적인 움직임과 함께, 스르륵 끌리던 도가 일순간 쭉 뻗었다.

천단기가 도신을 타고 쏘아져 나갔다.

정창명의 내밀어진 손이 일순 투명하게 빛난다 싶었다.

"따당."

손에 부딪친 도에서 맑은 쇳소리가 났다. 이한은 튕겨

나오는 도를 급하게 회수하며, 훌쩍 뒤로 물러났다. 정창명의 손을 유심히 살폈다.

"청명수(淸明手)라고 하네. 좋군! 이번에는 내가 가지."

말과 함께 정창명의 모습이 흩어졌다. 희미한 그림자가 좌우로 엇갈려 보이다가, 정면에서 번뜩였다.

'헉! 무슨 보법이….'

이런 귀신의 움직임 같이 종잡을 수 없는 보법이라니!

순간 위험 신호가 왔다. 관자놀이가 간질해지며, 서늘했다.

카강—

도를 세워 빙글 돌리며, 간신히 막았다.

위기를 느낀 이한은 도를 가슴으로 끌어당겼다. 중심을 가라앉히고 자세를 고정하자, 날아드는 그림자를 쳐 내기가 훨씬 편해졌다.

혈전도 본연의 모습으로 돌아간 것이다. 짧고 간결한 움직임과 순간적으로 가르고, 자르고, 베는 도의 신랄함을 살리는 것. 이것이 혈전도의 핵심이었다.

쇡—

도가 청명수를 막아 가는 빈도가 늘고, 그 속으로 반격도 시도했다. 불필요한 움직임을 줄이니, 이제 굳이 눈의 현혹에 따라갈 필요가 없었다.

어느 순간 정창명의 공격이 멈췄다.

"하하하, 오랜만에 움직였더니, 이거 손발이 난리가 아니군. 이쪽에 좀 앉지."

정창명은 땀을 닦는 시늉까지 하며, 근처 나무 그루터기에 앉았다.

"자네 도법의 본래 이름이 뭔지 아나?

뜬금없는 질문이었다. 혈전도에 본래 이름이 있었나?

그러고 보면 아버지의 독문무공이라 훔쳐 배울 줄만 알았지, 그런 것엔 관심도 없었다.

"무극검(無極劍)이었지."

정창명은 이한의 대답을 기다리지 않고, 혼잣말을 하듯 뭔가 아련하게 말했다.

"혈전도 이광은 무극검을 절정 이상으로 익혀 낸 사람이었네. 무극검은 최소한의 움직임에서 시작하지. 상대의 움직임에 따라 자유롭게 흘러가야 하니까. 하지만 너무 방어적이고 살기가 없는 것이 탈이긴 했어."

"아버지를 아십니까?"

"맹의 신상기록을 좀 찾아봤네. 혈전도 이광이 자네 부친이라면, 내가 알고 있는 것이 맞네. 헌데 그 친구가 전하지 않은 말이 많은 모양이군."

이광이 이미 죽었다는 것과 자신의 과거와 무림맹에 대한 것은 거의 언급하지 않았다는 말에 정창명은 고개를 끄덕였다.

“그 친구가 혼자 안고 가는 것이 많긴 했어. 나와의 관계라! 한마디로 하면 친구이자 경쟁자라면 적절하겠군.”

이광의 죽음 소식에 많이 가라앉은 목소리였다.

이광은 지역의 소문파인 무극문의 장문 제자였다.

마교와의 전쟁에 연루되어 완전히 멸문하고 혼자 살아남았다고 한다. 복수를 위하여 무림맹에 투신하면서, 자질이 좋은 건지 복수심이 강해서 인지 빠르게 성장했다.

혈전도라는 이름만으로 일반 마교도들은 피해 다닐 정도였으니.

“결국 우리는 용호전대 조장이 되었고, 내부적으로는 대주 승진을 위한 경쟁자이기도 했네. 사실은 이광이가 조금 유리했어. 워낙 험한 전장을 많이 돌아다녔거든. 아니 내가 더 유리했나? 무찰원이라는 배경이 워낙 막강했으니. 하하.”

‘배경이 막강? 무찰원(武察院)?’

수련원에서 많은 문파의 연원을 외웠던 이한도 처음 듣는 곳이었다.

“아! 자네, 무찰원은 처음 들어보지? 지금은 중요한 것이 아니니, 원정을 다녀오면 자세히 알려 주겠네. 어쨌든 내가 무찰원의 수습을 위해 떠나던 그 날이, 자네 선친과는 서로 마지막이었지.”

이한은 기분이 묘했다.

아버지의 과거를 다른 사람에게 듣다니. 더구나 비밀스런 사연도 아니고. 저런 평범한 것들을. 참 무심했구나 싶었다.

아저씨에게라도 물어볼걸.

"어쨌든 어려운 시절이었네. 불분명한 마교의 움직임과 불쑥불쑥 맹의 뒤통수를 치는 흑천을 견제하기도 바쁜 때였으니까."

정창명은 서서히 과거의 회상에서 빠져나오면서, 평온을 되찾았다.

"지금 중요한 건, 자네가 무극의 뜻을 잘 모르고 있다는 거네. 무극검에 강렬한 살기를 더하기 위해 혈전도가 됐지만, 그 본질은 훼손하지 않았네."

할 말을 다 했다는 듯, 정창명은 일어났다.

"이번 원정은 어쩐지 단순하지가 않아. 무극의 의미를 깊이 생각해 보길 권하네. 무사히 돌아오길 바란다면."

구청봉 비천대 아래의 깊은 계곡이 용혈곡이다.

그곳의 폭포 아래로 십여 장의 물길은 그야말로 급류다. 뒤틀린 경사와 굽이치는 물살에 한 번 휩쓸리면, 정신없이 쓸려 가야 한다.

광무가 선택한 두 번째 단련 장소로, 진각추(進脚錐)나 슬격(膝擊) 같은 다리 기술을 위한, 하체를 단련하는 곳이다.

무릎을 조금 넘는 깊이에도 처음에는 제대로 서 있을 수도 없었다. 수 없이 왕복하다 보니, 이젠 이렇게 도를 드리우고, 생각에 잠길 수도 있었다.

이곳은 중심 이동이 중요한 혈전도를 수련하기에도 최상의 장소였다.

'무극이라?'

벌써 며칠째, 혈전도에 기를 수발하는 수련을 하는 와중에 무극이 자꾸 떠올랐다.

자유롭게 흘러가는 검이라는 무극검에 답이 있는 것은 확실했다. 하지만 뭘 어떻게?

이한은 발을 박아 넣는다는 기분으로 바닥을 파헤치며, 다리를 고정시켰다. 중심을 최대한 낮췄다.

터턱—

거친 물살에 휩쓸리던 돌들이 종아리를 치고 갔다.

순간 물에 잠겨 있던 도의 끝이 확 치솟았다. 가르고 자르고 벤다! 번뜩하는 느낌과 함께 상하좌우로 도가 공간을 가르며 그어지기 시작했다.

그래서 무극이 뭔가?

쉬익— 쉭—

간명하고 빠르게 더 빠르게.

끝날 것 같지 않게, 번뜩이는 도광을 사방으로 날려대던 도가 이제 계곡의 급류를 베기 시작했다.

그 거센 물살에 도의 흔적이 남겨졌다 사라지기를 또 얼마나 했을까?

"으아아아."

퍼벅—

물보라가 확 튀어 올라 사방으로 터져나갔다. 이한은 내려쳤던 도를 물속으로 콱 박아 넣으며, 가쁘게 숨을 몰라 쉬었다.

"헉헉, 그래서 무극이 뭐냐고?"

이한의 발악 소리가 세찬 폭포 소리와 급류의 거친 물소리를 뚫고 용혈곡을 울렸다.

혹시나 하는 마음에 공손추에게 물어보았다가 괜한 타박만 받았다.

"이놈아! 내가 그걸 알면 의원이나 하고 앉았겠냐?"

되도 않는 반항심으로 술을 마시고 주사도 부려봤다.

"와! 이놈. 진짜 양심 없는 놈이네. 지금 네 나이에 이 성취면 어디 내놔도 안 빠져. 영약 처먹고, 별의별 짓을 다 한 애들보다 네가 훨씬 나아. 인마! 앞으로 이십 년만 이대로 수련해 봐라. 무림에서 네 머리 위에 앉을 놈 아무도 없을 거다. 이 상선의(上仙醫)란 이름을 걸고 장담한다니까.”

정창명이 던진 무극이란 화두가 이한을 거의 미치게 했다. 그런 와중에도 청해 지부 지원대의 출정 시간은 빠르게 다가왔다.

청해 지부 지원대

차가운 기온에도 오랜만에 화창한 날이었다.

무림맹의 중앙대전 앞에 정렬한 지원대는 대군사 사마소의 일장연설 후에, 말에 올랐다.

"출발!"

지원대 대주인 환영창 조무백의 출발 명령에 우렁찬 함성과 함께, 정문인 숭의문을 빠져나왔다. 흰색 바탕에 오색의 수실로 수놓은, 무림맹기의 맹(盟)자가 선명했다.

무림맹의 공식적인 출정은 오랜만이라 다들 상기된 표정이었다. 숭의문 바깥까지 도열해 있는, 배웅하는 무사들도 그렇고.

그렇게 청해 지부 지원대는 무림맹을 떠났다.

맹을 떠난 지, 십여 일이 넘어가자 대부분 말수가 없어졌다. 예상은 했어도, 무사들과 말들이 모두 지쳐 있었다.

"대주님! 오늘은 이쯤에서 쉬시죠?"

군사인 이학유의 말에 조무백은 주위를 둘러보았다.

이제 며칠 정도면 청해에 진입할 수 있겠다 싶어 좀 더 속도를 독려하려다가, 지쳐 보이는 무사들의 모습에 할 수 없이 말에서 내렸다.

"그래요. 근처에 적당한 자리를 찾아봅시다."

나무들이 거의 없는 민둥산들이 이어져 있는 지형이었다. 바람을 막을 만한 곳이 필요했다.

"따뜻하니, 향도 그럭저럭하고 마실 만합니다."

"고맙소. 바깥에서 이 정도면 호강하는 거지요. 허허허."

신속하게 만들어진 천막 안으로 이학유가 찻잔을 들고 와서 조무백 앞에 놓았다.

막 차로 입술을 가볍게 적셔가던 조무백이 고개를 들었다.

"들어오게!"

천막 안으로 검은 무복을 입은 무사가 들어왔다. 서른 중반? 쌍도를 매고 있는 훤칠한 인물이었다. 백암대의 조장 이신후였다.

이번 지원대에는 일반 무사뿐 아니라, 출전에 제약이 있는 무맹단의 백암대(白巖隊)에서 열 명의 무사가 비밀리에 차출되었다.

백암대는 정찰, 추적, 감시, 침투 등의 특수임무를 수행하는 조직이었다.

"어떻던가?"

"앞으로 며칠이 고비가 될 것 같습니다."

"흐흠! 군사부의 우려가 맞는가 보군."

"예. 미리 언질을 받지 못했다면, 감지를 못 했을 정도로 은밀하게 움직입니다. 이곳 지형에 대해서도 훤한 것이, 준비를 많이 한 모양입니다. 일단 멀리서 지켜보고 있습니다."

"흑천일 가능성은?"

"현재로선 알 수가 없습니다."

"수고했네. 좀 쉬게."

이신후가 나가자 조무백의 시선이 이학유를 향했다. 의견을 묻고 있었다.

"내일 하루 정도 이곳에서 정비를 한 후에 떠나는 것이 어떨지요? 대책도 세울 겸 해서요."

"무사들도 지쳐 있으니, 그렇게 합시다."

습격이 있을지 모른다는 소식에 지원대 전체에 긴장의 기운이 팽배했다. 이한도 떠나기 전날 잘 손질했던 도를 새삼스레 다시 손질했을 정도였다.

"이쪽으로 가면 유가협이라는 협곡이 나옵니다. 황하 상류 지역이라 강폭은 넓지 않지만, 물살이 세서 말이 문제입니다."

"흠. 도강할 배도 그렇고."

"그렇습니다. 배를 구할 수 있을지, 장담을 못 합니다."

"그렇다면 장단곡을 지나야 하는데, 지형을 봐서는 습격 확률이 제일 높아 보이는군."

"장단곡 입구에 펼쳐져 있는 침사평원과 장단곡. 두 곳이 딱 눈에 띄는 곳입니다."

"일단 부딪쳐 봅시다."

지원대는 장단곡과 유가협의 갈림길에서 장단곡을 선택했다.

본격적으로 침사평원을 들기 전, 그 입구의 아담한 분지에 야영지를 구축했다.

사막이 가까워서인지, 큰 일교차로 밤에는 꽤 추웠다. 취사 외에는 불 피우는 것을 금지했기 때문에, 싸늘한 기온이 야영지를 감싸고 있었다.

이한은 야영지에서 백 여장 떨어진 구릉에 은신한 채, 크고 작은 구릉이 끝없이 펼쳐진 평원을 주시하고 있었다.

"야! 끝이 없잖아."

이한의 옆에서 진수인이라 소개한 삼십대의 무사가 감탄사를 터뜨렸다.

“이곳을 보니, 그래도 우리 고향이 사람 살기는 좋아. 자네는 어디…?”

“쉿.”

이한이 갑자기 손가락을 입술에 대고 몸을 숙였다.

무언가 움직였다는 느낌을 받았다.

전신의 혈을 개방하고 기감을 극도로 확장시켰다. 확실히 여러 개의 불쾌한 감이 느껴졌다.

이한은 진수인을 바라보며 수신호를 했다.

진수인도 아연 긴장한 표정으로 고개를 끄덕였다. 이한의 어깨를 살짝 두드리고는, 야영지를 향해 천천히 몸을 빼내 물러났다.

이한은 다시 기감에 집중하며 전방을 뚫어지게 주시했다.

기습이 확실했다. 야영지로 돌아가려고 뒷걸음질을 하려는 순간, 갑자기 구릉 아래에서 검은 그림자가 불쑥 튀어 올랐다.

‘헛!’

머리위로 치켜든 반월의 도가 어둠 속에서 빠르게 그어내려왔다. 이한은 무의식적으로 발도와 동시에 도를 확 그어 올렸다.

…핏물인가?

끈끈한 액체가 얼굴에 점점이 튀었다.

비명은 없었다.

고통으로 일그러져, 새하얗게 변한 얼굴 하나가 서서히 앞으로 넘어져 왔다. 복부에서 어깨로 길게 갈라져 있었다.

머리에 하얀 번개가 번쩍 치는 것 같았다. 아무 생각이 나지 않으면서, 몸이 굳어 버렸다.

순간 멍했다가 다시 정신이 돌아왔다.

이한의 앞을 검은 무복의 백암대 무사가 가로막고 있었다. 양손에 들려있는 기형의 도가 유연한 호선을 그리며 적을 베고 있었다.

이한은 백암대 무사를 향해 날아들던, 또 하나의 반월도를 반사적으로 막아냈다.

끼리릭—

도와 도가 부딪쳐 미끄러져 갔다. 도가 튕기는 반동을 이용해, 빠르게 수직으로 그어 버렸다. 역시 비명은 없었다. 대신 부릅뜬 두 눈이 이한을 노려보다가 무너져 내렸다.

털썩—

그리고 일시적인 정적이 흘렀다. 아까보다는 그 충격이 훨씬 덜했다.

"처음인가 보군! 누구나 그렇게 시작하지. 하여튼 고맙네."

"예?"

백암대 무사는 방금 쓰러진 적을 힐끔 쳐다보았다. 그제야 이한은 자신을 지켜 준 상대에게 감사의 표시도 못 했다는 것을 깨달았다.

"고맙습니다."

"됐네. 서로 비긴 걸로 하지. 회족들 중에 특별하게 선발된 자들이네. 만만치 않았는데…."

뭔가 더 말하려다, 이신후는 야영지를 돌아보았다.

곳곳이 소란스러워지기 시작했다. 고함 소리와 병장기 부딪히는 소리, 말 울음소리가 뒤섞이고 있었다.

"가 보자고."

이한은 백암대 무사의 뒤를 쫓아 야영지로 나는 듯이 달렸다. 눈앞에 반월도가 휙 지나갔다. 무작정 도를 그어갔다.

이한은 혈전도의 가르침을 충실히 이행하고 있었다. 일보씩 전진하며 최소한의 움직임으로 공간을 장악하고, 그곳을 파고드는 적들을 사정없이 베었다.

소음은 서서히 잦아들었다. 이한도 움직임을 멈췄다. 전신이 물먹은 솜덩이 같았다.

투둑—

늘어뜨린 도에 맺혀있던, 피가 툭 떨어졌다.

"회족들이 왜 우리를 공격한 거지?"

"흑천의 사주나 연관이 있겠지요."

"음…."

가벼운 신음성과 함께 생각에 잠긴 조무백을 보면서, 이학유는 호위무사를 쳐다보았다. 고개를 절도 있게 끄덕인다. 사상자 처리가 끝났다는 얘기다.

"대주님! 빠르게 이동하면 장단곡까지 대략 이틀 거리입니다. 부상자들로 지체될 것을 고려하면, 지금 이동해야 합니다."

"가 봅시다. 지체할수록 회족들은 더 모여들 테고. 그러면 골치 아프게 되오."

야영지를 급습한 무리는 이 일대에 거주하는 회족들이었다. 회족들이 무림맹에 적대적인 것을 확인한 이상, 빠르게 이 지역을 벗어나야 했다.

"이 조장! 한 번 더 수고해 줘야겠네."

"예! 조원 몇이 가벼운 부상이라, 지원대 무사에서 지원을 좀 받았으면 합니다."

"체계적인 훈련을 받지 않은 무사들인데 괜찮겠나?"

"보아 둔 무사가 있습니다."

이신후는 회족의 습격에서 보인 이한의 움직임을 떠올

렸다. 빠른 감응력과 간결하고 효율적인 도법. 무엇보다 처음치고는 의연했던, 강한 정신력이 마음에 들었다.

특수 훈련을 받은 백암대 무사에게 볼 수 있는, 기민한 반응들을 평무사인 이한이 보였다는 점에서도 흥미가 돋았다.

"저기가 장단곡이다."

검붉은 테를 겹겹이 두른 것 같은 바위산들이 웅장한 모습으로 자리하고 있었다.

늘어선 바위산 사이로 도끼 자국처럼 뚝 끊어진 자리에, 을씨년스런 모래바람이 불어 나오는 계곡이 보였다.

백암대 무사인 장호가 모래를 하얗게 뒤집어쓴 채, 뒤쪽에서 다가왔다.

"본대는 우리와 한 시진 거리로 다가와 있는데, 뒤쪽에 회족의 기마대가 따라붙었습니다. 대원들이 다른 쪽으로 유인하고 있지만 쉽지 않을 것 같습니다."

"꾸물거릴 여유가 없군. 자네는 계곡 위쪽을 좀 살펴보고 나서 본대와 합류하게. 우리는 계곡으로 바로 진입하겠네."

"예."

장호는 간단하게 대답하고 바위산으로 빠르게 접근해

갔다.

"우리도 가지. 지금까지 알려 준 대로만 하면 돼.

모래바람이 불어 시야가 흐려졌다. 도저히 빠르게 전진할 수가 없었다.

이한은 숨 쉴 때마다 들어오는 모래가루를 신경 쓸 틈도 없이, 긴장하며 걸음을 내디뎠다. 뒤쪽으로 뻗어, 내려 잡고 있던 도의 끝이 바닥의 모래에 가볍게 끌리는 것도 몰랐다.

그래도 이신후에게 급히 배운 사행보(沙行步)는 조금씩 익숙해져 갔다.

주위는 여전히 모래바람과 계곡의 양쪽을 막고 있는 바위 절벽이 계속 이어지고 있었다.

몇 번 굽어지던 계곡이 약간의 경사를 이루며 오르막이 되었다. 모래가 쓸려 내려오고 있었다.

이한의 오른편으로 이 장 정도 앞서 있던, 이신후에게서 날카로운 소리가 났다.

"삐!"

주의하라는 신호였다. 이한은 걸음을 멈추고 기감을 높였다.

"삐익!"

갑작스런 후퇴 신호!

차라락—

갑자기 발밑이 꺼지더니, 쇠사슬이 팍 튀어나왔다. 이한은 급히 물러나며 도를 쳐냈다. 튕긴 쇠사슬이 출렁하다가, 다시 팔을 감아 왔다. 마치 살아서 움직이는 것 같았다.

빠르게 도를 회수하고 물러났다. 하지만 쇠사슬은 결코 놓아 줄 생각이 없나 보다. 이한을 따라오며 가슴을 때려 왔다.

'헛!'

이렇게 피해서는 끝이 없다. 과감해야 한다. 최선의 방어는 공격이라지 않았는가?

물러서던 움직임을 멈추고, 사슬의 끝을 비켜 몸을 회전시켰다. 전방으로 쇄도하는 이한을 향해, 사슬이 다시 돌아오며 출렁거렸다. 예상 못 한 행동에 당황한 모양이었다.

차라락— 철렁—

이한은 한 대 맞을 각오를 했다. 쇠사슬을 무시하고 움푹 꺼졌던 자리로 돌진해, 그대로 도를 박아 넣었다.

뽑히는 도를 따라 검붉은 피가 딸려 나왔다가, 모래에 스며들었다. 쇠사슬도 힘을 잃고 출렁 떨어졌다.

이거다!

상황을 판단하는 감각과 빠른 결단. 연사철도 늘 강조하던 것이다. 실전을 거듭할수록, 머릿속에서만 맴돌던 무공의 이치들이 몸으로 녹아들고 있었다.

퍽—

가벼운 폭음과 함께 이신후의 몸이 뒤로 튕겨 나갔다. 이한이 급히 따라갔다. 다행히 이신후는 몸을 뒤집어 내려서며, 전방을 쏘아보고 있었다.

투두두두둑—

흰 포대를 뒤집어쓰고, 양팔에 사슬을 감은 이십여 개의 그림자가 튀어 올랐다.

모래가 우수수 떨어지며 날렸다.

순식간에 더 물러선 두 사람은 전방을 경계했다. 다행히 흰 포대의 괴인들은 따라오지 않았다.

"…사사대!"

이신후의 말이 신음처럼 내뱉어졌다.

사사대(死沙隊)는 흑천에서도 악명을 떨치던 모래 귀신들이었다.

십여 년 전 흑천이 일으켰다고 추정되는 사건에 연루되어, 추격하던 정파 고수들을 피해 잠적했다더니. 이렇게 다시 등장한 것이다.

"제법 하는… 놈이군. 우리를… 이렇게 쉽게 감지하다니…."

뭔가 어눌한 것 같기도 하고, 일부러 변성을 시킨 것 같기도 하고. 하여튼 듣기에 괴로웠다.

"큿큿, 놈! 죽… 여라."

이신후를 향하던 시선이 이한으로 옮긴다 싶더니, 더 싸늘해졌다.

철렁철렁— 촤르르—

마치 그 말을 기다리고 있었다는 듯, 쇠사슬들이 꿈틀거리며 시야를 덮었다.

[신호를 하면, 뒤도 돌아보지 말고 도망친다.]

[…도망도 못 갈 것 같습니다.]

"이런!"

사사대가 따라오지 않은 이유가 있었다. 뒤쪽에도 부스스한 모래를 날리며, 흰 포대의 귀신들이 솟아나고 있었다.

삐이이— 삐이—

이신후의 입에서 사람이 내는 것이 맞나 싶은, 날카롭고 뾰족한 소리가 났다. 최고등급의 비상 신호는 장단곡의 벽과 모래바람을 뚫고 퍼져 나갔다.

"버틸 때까지 버텨 보자!"

스스스슷—

부스스하게 날리던 모래가 어느 정도 가라앉자, 뒤쪽으

로 사사대 몇이 자리를 잡고 있었다.

이신후는 뒤를 힐끗하면서도, 전면에서 시선을 떼지 못했다.

[저 중앙의 놈이 대주인 사인귀(沙人鬼) 같다. 특히 조심해라. 일단 뒤로 치고 나가 보자.]

하지만 갈 필요가 없었다. 뒤에서 벌써 쇠사슬이 날아들고 있었다.

내기를 담은 쇠사슬이 똑바로 쏘아져 왔다. 이한은 번갈아 쏘아 오는 쇠사슬에 이신후에게 신경을 쓸 겨를이 없었다. 피하고, 쳐내기도 바빴다.

차라라락—

쏘아지는 쇠사슬들에 신경이 집중되다 보니, 어느새 도를 휘어 감는 쇠사슬을 잊고 말았다.

팽팽히 당겨지는 기운에 도를 놓칠 뻔했다.

"핫!"

일단 천단기를 쏟아부으며 버텼다. 하지만 이대로 내공대결에 들 수도, 버틸 수도 없었다. 다른 쇠사슬들이 이미 쏘아 오고 있었다.

도를 놔 버렸다. 팽팽하게 당겨졌던 쇠사슬이 일순 출렁했다.

예상치 못하게 힘의 균형이 무너진 것이다.

탓—

한 번의 도약으로 거리를 좁혀, 쇠사슬 안의 공간으로 뛰어들었다.

주춤하던 사사대의 쇠사슬이 이한의 도를 감은 채. 급히 돌아왔다.

허공에서 몸을 뒤집으며, 사사대의 머리를 향해 발을 찍어 내렸다. 회선각이었다.

팍—

급히 피한 사사대를 보며. 일단 찍어 내리던 발로 균형을 잡았다.

다음, 무릎 공격인 슬격에 이어 팔꿈치 기술인 연환추. 그리고 상완박으로 상대를 밀어붙이고, 자연스럽게 압비술로 목을 휘어 감았다.

투둑—

약한 소리와 함께 목뼈 부러지는 소리가 났다.

한순간에, 자연스럽게 흘러간 박투연환백절은 마치 아름다운 춤사위의 한 장면을 보는 것 같았다.

예상 밖의 상황에 사사대도 이신후도 멍해졌나 보다. 일시에 싸움이 멈춰졌다.

"이익! 뭘… 멍청히 보고… 있나? 이 병신… 들아! 으득."

힘없이 무너지는 수하를 밀어내고, 쇠사슬을 확 당기는 이한을 보며 사인귀는 이를 갈았다

도를 회수한 이한은 왼손으로 쇠사슬까지 잡고, 주위를

경계했다.

바로 사사대의 쇠사슬이 날아왔다. 이한도 들고 있던 쇠사슬을 같이 날렸다.

철렁—

중간에서 서로 감긴 쇠사슬이 장단곡의 벽을 때렸다. 먼지와 함께 깨진 바위 돌들이 부산하게 튀었다.

"모두… 나가! 죽여… 버리라고."

하지만 사사대는 쉽게 움직이지 못했다.

피잉—

연이어 날아오는 화살들을 쳐 내야 했다.

그리고 이내 이한과 이신후를 구할 구세주들이 나타났다.

세 대의 화살을 동시에 날리는 신기로 유명한, 삼원궁(三元弓) 유장청이 장단곡의 벽을 차며 빠르게 쏘아 오고 있었다.

이번에 대주인 조무백을 도우기 위해, 무원이라는 곳에서 나온 세 명의 지인 중 한 명이었다.

뒤로는 조무백의 호위무사들이 따르고 있었다. 본대가 아주 가깝다는 것이다.

"크… 크흐!"

예상보다 훨씬 빠른 무림맹 본단의 도착에 놀랐는지, 사인귀의 주위로 모래가루가 부산하게 날렸다.

그의 눈짓을 받은 수하 하나가 급히 곡 안으로 사라졌다.

"사사대라! 흑천이 확실하군."

창을 쥔 조무백의 손에 힘이 불끈 들어갔다. 힘줄들이 툭툭 불거졌다. 육십 대의 노장이지만, 젊은 무사들 못지않은 탄탄한 근육을 자랑했다.

"잠시만 참으십시오. 대주님!"

앞으로 나가려는 조무백을 이학유가 급히 막아 섰다.

"저들이 움직이지 않는 걸 봐서는, 다른 무리가 더 있을 겁니다."

이학유의 말이 끝나기가 무섭게 사사대 뒤로 검은 그림자들이 속속 나타나기 시작했다.

"제법 준비를 했구나. 조무백! 사사대의 은신을 알아채다니."

귀에 익은 목소리에 조무백은 안력을 집중해 모래바람을 꿰뚫어 보았다.

"사심귀조(邪心鬼爪) 소이혁?"

이학유는 사심귀조라는 말에 안색이 절로 찌푸려졌다.

사심귀조 소이혁은 흑천에서 공을 들여 영입했던 조(爪)의 고수였다.

젊은 시절 변방인 흑룡강에서 주로 활동해 잘 알려지지 않았으나, 정파의 원로원 격인 흑천의 존부(尊府)에서도 꽤 자리를 잡은 인물이었다.

"이 군사! 소이혁 옆에 있는 자들은… 혹시 사혼사령(死魂死靈)들 아니오?"

"사신곡(死神谷)의 죽음의 그림자들! 맞는 것 같습니다."

"흐음!"

기세등등하던 조무백도 잠시 기운을 빼고 신중한 모습을 보였다.

"저들이 기습을 포기하고, 몸을 드러낸 이유가 아무래도 시간을 끌려는 것 같습니다."

"그렇지. 회족의 기마대! 최대한 빠르게 돌파할 수밖에."

"그렇게 준비하겠습니다."

이한은 앞으로 나설 채비를 하고 있는 이신후에게 다가갔다.

"저도 가겠습니다. 조장님!"

조무백이 선봉에서 소이혁을 잡아두는 동안, 본대의 기습 돌파가 있을 게 분명했다.

누군가 선봉대를 엄호하고, 본대를 공격하는 적의 신경을 분산시켜야 한다. 백암대와 일부의 무사들이 그 역할을 맡았다.

"죽이는 것 보다, 적을 혼란시켜 본대가 무사히 빠져나갈 수 있게 해야 한다. 개별 행동은 금물이다."

"알겠습니다."

이신후는 사사대를 상대하던 이한을 생각해, 쉽게 허락했다.

환영창 조무백의 무위는 허명이 아니었다.

조무백의 창은 수많은 잔상을 남기며 변화무쌍하게 사사대를 휩쓸더니, 어느새 소이혁을 향해 날았다.

"이런, 썅!"

갑작스런 공격에, 소이혁은 신경질적으로 귀조를 번뜩이며 마주쳐 갔다.

이어 백암대와 수십 명의 무사들이 쇄도해 가고, 그들을 뒤따르는 말발굽 소리가 계곡을 진동했다.

가로막는 사사대의 쇠사슬 사이를 파고들던 이한의 도가 모래바람을 뚫었다.

날리는 쇠사슬들의 공세에 모래가 사방으로 튀어왔다.

스각—

손끝에 걸리는 감촉에 신경 쓸 겨를도 없이, 온 기운을 도에 집중하고 전진하고 또 전진했다.

드디어 몇 기의 말들을 시작으로 본대가 이한을 지나, 흑천의 틈을 파고들기 시작했다.

말 울음소리와 비명 소리가 곳곳에서 들렸다.

맹렬히 몰아부치는 지원대의 기세에 흑천 무사들 사이에 공간이 생겨나기 시작했다.

기마들이 그 틈새를 빠르게 파고들었다.

고기가 터진 그물 사이로 빠져나가듯, 포위망의 구멍 속으로 지원대 무사들이 거의 빠져나갔다.

소이혁은 귀조를 더욱 맹렬히 찍으며 조무백을 몰아붙였다. 검은 바람이 조무백의 창을 휘감았다.

"막아! 조금만 더 버티라고. 이놈들아."

소이혁의 고함 소리가 전투의 부산한 소음 속에 묻혀 버렸다.

저지하려는 흑천의 무사들과 지원대의 치열한 전투는 수적 열세를 극복하지 못한 흑천의 방어선이 서서히 무너지면서 끝이 보이는 것 같았다.

이한은 조금 여유를 찾고 주위를 돌아보았다. 갑자기 회색의 그림자가 훅 다가왔다.

검 끝이 여러 개로 갈라지면서, 어지럽게 찔러 오는 바람에 공격 지점을 파악하는데 실패했다. 기민하게 반응한다고 했지만, 도를 통과한 검기가 왼팔을 스쳤다.

사신곡의 사혼사령(死魂死靈)이었다.

황급히 도를 아래에서 종으로 그어 올렸다. 상대가 움찔하는 것이 느껴지자, 다시 내려 그었다. 검과 정면으로 충돌했다.

검에서 강한 반탄력이 느껴졌다. 온몸의 혈에서 천단기를 모조리 끌어냈다.

그르르륵—

서로의 기세를 견디지 못한 검과 도가 비틀리면서, 각자의 방향으로 빠르게 흘러갔다.

"윽!"

들어오는 검을 보면서도, 어쩔 수 없이 상대의 목을 그어버린 이한은 허리를 부여잡고 몸을 숙였다.

틀어막은 손가락 사이로 피가 비어져 나왔다.

"다쳤나?"

이신후가 다가왔다.

"괜찮습니다. 싸울 만합니다."

"무리하지 말고 물러나라. 나머지는 우리에게 맡기고."

두두두두—

지원대는 길고 힘들었던, 장단곡을 빠져나왔다. 드디어 청해 땅에 발을 디딘 것이다.

"다행이다. 깊지는 않아. 그래도 며칠은 움직이지 않는 게 좋아. 덧나면 골치 아파진다."

천으로 상처를 칭칭 감아 준 장호의 말에 그나마 안심이 되기는 했다.

거의 대부분의 무사들이 크고 작은 부상에 시달리고 있는 터라, 모든 것이 부족했다.

빨리 지부에 도착하기를 바라는 수밖에 없었다.

"여! 친구, 살아 있구만."

여전히 유들유들하고 넉넉한 표정으로 진계범이 이한의 숙소로 들어왔다.

"여긴가?"

이한의 옆구리를 꾹꾹 찔러 보며 즐거워했다.

"아아! 아프다니까."

"사혼사령을 보내 버린 영광의 상처 아닌가? 벌써부터 우리 지부 처자들이 몸살을 앓고 있다는 소문이 있던데."

"헛소리 그만하고, 얼굴에 그건 뭐냐?"

진계범의 왼쪽 뺨에는 길게 이어진 흉터가 나 있었다.

"한 칼 먹었어. 이제야 무사로 보인다고 하던데, 어때?"

"누구?"

"누구라면 네가 아냐? 혼전 중이어서 나도 모르는데. 흑사대 놈이었는데, 검이 아주 날카롭더만."

"하여간 칠칠맞아 가지고. 치열하기는 했던 모양이네."

이한은 자세를 고쳐 누우며 혀를 끌끌 찼다.

“확실히 머릿수에는 큰소리 칠 거 못되더라.

지부무사 다 끌어 모아봤자 삼백도 채 안 되는데, 상대는 오백이 넘었어.”

“당문에서 온 무사들 있었잖아?”

“당문? 하아! 당시에 청해호에서 싸웠는데, 당문 애들이 매복에 발목이 잡혀 늦게 합류하는 바람에 이 사달이 난 거야. 마침 교대하러 들어오던 추혼대가 지나는 길목이라 살았다고 봐야지.”

진계범의 입장에서는 지금 생각해도 천우신조였다.

“추혼수(追魂手)라는 분이 직접 오셨다며?”

“아! 무섭긴 하더라. 고수 한 명 더 있다는 게 전력 차이를 순식간에 뒤엎더만. 암기들이 새까맣게 날아오르니까, 흑사대 놈들이 지레 겁먹고 다 도망가 버리더라.”

진계범은 그 순간을 떠올리는 것만으로도 여전히 흥분되는 모양이었다.

“하여간 살아 있어서 다행이다.”

“이 형님을 뭐로 보고. 그깟 흑사대 놈들 정도에 죽을 내가 아니지.”

“그래서 지금은 어떻게 돌아가고 있는데?”

“곧 다시 붙을 공산이 크지. 이번에는 우리 전력도 만만치 않아서 놈들도 쉽게 공격은 못 할 거야.”

"도대체 이해를 못 하겠다. 먹을 것도 별로 없는 청해에서 도대체 뭔 일이라고 이 난리인지 원. 어쨌든 본거지도 파악이 안 됐다며?"

"그래. 하지만 기련산인 건 확실해. 이번에도 그쪽을 정찰하고 왔어. 하여튼 빨리 낫기나 해라. 청해의 절경이 너를 기다리고 있으니까."

"싸우러 온 놈이 놀러 다닐 여유가 어디 있다고."

"겸사겸사지. 한 번쯤은 아무 생각 없이 푹 쉬는 것도 좋아. 아! 청해가 이렇게 멋진 곳이었다니 하면서, 눌러살겠다고 하지나 마라."

"아이쿠, 속 편한 소리 한다."

"넌 그게 문제라니까! 사람이 여유도 좀 부리고 살아야지. 자기를 너무 혹사시키는 것도 죄라는 걸 알아야 해."

진계범은 한참을 더 떠들다가, 약당에서 의원이 와서야 돌아갔다.

몇 번의 실전을 거치면서, 혼자의 수련이나 비무로는 얻을 수 없는 것들을 알았다.

평면적으로 보이던 무공이 이제야 입체적으로 이해되기 시작했다고 할까?

빠르고 느림을 떠나 상대의 움직임에 존재하는 틈. 무공의 결이라고 누누이 강조하던 그것을 이제야 느꼈다.

회족과 사사대의 모래 귀신들. 그리고 흑사대와 사혼사령.

이들 중에 나보다 빠른 자들도 분명 있었다. 하지만 그들은 죽었고, 나는 살아 있다.

움직임과 움직임을 연결하는 틈을 누가 빨리 찾았느냐의 차이일 거다.

이한은 무공의 이해도가 높아지자, 문득 느리지만 방향성에 제약이 없는 도가 궁금해졌다.

생각보다 힘들었다. 자꾸 빨라지는 도의 속도를 제어하지 못해 몇 번을 멈췄다.

결국 기를 가늘게 쪼개고, 끊임없이 이어가는 과정부터 시작하기로 했다.

"억!"

무리를 했는지 상처가 쑤셔 왔다. 하지만 됐다.

이제 실마리를 찾았으니.

눈 덮인 기련산 정상이 멀찍이 보이는 산기슭에 흙으로 지은 집들이 여기저기로 흩어져 있었다.

집집마다 높은 장대가 서 있고, 목각이 걸려 있는 토족

(土族) 특유의 마을이었다.

"빨리 움직여라."

빛바랜 검은 무복에 늑대 가죽조끼를 걸친 사내가 분주하게 움직이는 무사들을 바라보고 있었다.

무표정한 얼굴과 번들거리는 눈빛을 가져, 뭔가 불안한 느낌을 줬다.

"향주님! 다 모았습니다."

얼굴에 두 개의 흉터가 있는 무사가 다가왔다.

"조검상!"

"옛, 향주님!"

조검상은 향주가 제 이름을 불러줘서 영광이라는 표정으로 몸을 경직시켰다.

"돌아가자."

"나머지 토족들은 어떻게…?"

늑대 가죽은 천천히 몸을 돌리더니, 조검상을 가만히 쳐다보았다.

'헉!'

조검상은 절로 주춤 물러섰다.

"제가 확실히 처… 처리하고 따르겠습니다."

늑대 조끼가 사라지자, 긴 한숨을 쉬며 허리를 폈다.

"아! 시발. 무슨 놈의 눈빛이 사람 잡네, 진짜. 아휴휴우…."

조검상은 부하들에게 양식 자루와 포로 몇을 맡겨 보내

고, 두 명의 무사를 이끌고 마을에서 가장 큰 집으로 들어갔다.

마당에는 여러 색의 천을 붙여 만든, 전통 옷을 입은 토족들이 고개를 숙이고 앉아 있었다.

백여 명 남짓? 노인부터 젖먹이까지 다양했다.

"어떻게 합니까?"

조검상은 고개를 획 저었다.

"예. 그런데 저…."

고개를 끄덕인 무사는 조검상의 눈치를 보면서도, 토족들의 뒤쪽을 힐끔거렸다. 조검상의 눈길도 그쪽으로 향했다.

까무잡잡한 피부의 예쁘장한 아낙이 품에 아기를 꼭 끌어안고 떨고 있었다.

'하우! 젠장할….'

잠시 망설이던 조검상은 결국 포기를 했다.

"이 새끼야! 향주 성격 몰라서 그래. 조금이라도 늦으면 우린 다 죽어."

직접 검까지 빼 들었다.

"무사님! 저희가 가진 건 그게 전부입니다. 제발 아이들이라도 살려 주십시오. 부탁드립니다."

맨 앞에 꿇어앉아 있던 촌장은 분위기가 이상해지자, 조검상에게 매달리며 애원했다.

"뭐야, 이 노인네가. 저리 비켜."

촌장의 가슴을 발로 차버렸다. 토족들 사이로 굴러떨어진 촌장은 숨을 꺽꺽거리며 일어서려고 발버둥을 쳤다.

"이 짐승 같은 놈들아! 천벌을 받을 거다."

앉아 있던 토족 청년이 조검상에게 달려들면서, 갑자기 마당이 비명과 고함 소리로 가득 찼다.

"다 죽여!"

조검상은 달려오는 청년의 가슴을 베어 버리고는 소리쳤다.

무차별적인 칼질이 토족들을 휩쓸었다. 학살은 얼마 걸리지 않았다.

아침까지만 해도 아이들이 뛰어놀던 마당에는 억울한 영혼들의 절규와 대답 없는 붉은 선혈이 교차하는 섬뜩한 공간으로 변해 있었다.

지부 무사대 대장인 양사운의 보고를 듣고 있는, 지부장 집무실의 분위기는 무척 어두웠다.

"하참! 도대체 무슨 생각인 거야? 우리를 유인하려고 하는 짓이라기에는… 쯧. 너무 과한 것 아닌가?"

조무백은 기가 차다는 듯이 말하며 찻잔을 내려놓았다.

"그래서 다섯 군데 모두가 기련산 남면 일대다 이거지?

"예. 모두 소수부족 마을입니다. 하지만 여러 곳에 퍼져 있어 다 파악되지는 않았을 겁니다. 더구나 평소에 왕래가 없는 곳도 많은 실정이고요."

"그렇겠지. 워낙 넓은 곳이라 정찰에도 한계가 있지. 놈들이 한곳에 머문다는 보장도 없고."

지부장 학수범은 말을 하며 이학유를 쳐다보았다.

"그런데 좀 이상하지 않나? 이 군사! 내가 아는 흑사대주 철마장(鐵魔掌) 공하군은 비록 사도에 몸을 담고 있지만, 양민을 학살할 정도의 인물은 분명 아니야. 장단곡에서 만난 사심귀조 외에 존부의 고수 몇 명이 더 왔더라도, 대주인 철마장의 뜻에 반하여 흑사대를 움직일 수는 없네."

"흑사대는 공하군에 대한 충성심이 워낙 강해, 흑천존도 마음대로 할 수 없다는 소문은 익히 듣고 있습니다."

이학유도 학수범의 인물평에 동의를 했다.

"그럼 철마장의 뜻이 누군가에 의해 왜곡되고 있다는 건가?"

"아마도. 천존의 명령을 집행하는 오령사자(五令使者) 정도가 유력하긴 합니다. 새로운 천존으로 등장한 감태세의 제자들입니다."

"어허! 철마장에 오령사자까지."

조무백의 걱정 어린 탄식에 잠시 침묵이 흘렀다.

"확실한 건, 우리를 기련산으로 끌어들이려 한다는 겁니다. 그동안의 정보를 바탕으로 두 군데 정도로 저들의 근거지를 좁혔습니다."

기련산 북면에 위치한 오래된 사찰인 마제사(馬蹄寺)의 한 석굴에 흑사대 향주 세 명이 모여 있었다. 모두 머리카락이 희끗희끗 해져 가는 늙은이들이었다.

"아무리 명령이라지만, 이래도 되는 거요?"

"문향주! 아무래도 뭔가 수상하게 돌아가오. 우리가 왜 소수부족 마을을 굳이 찾아가서 치는지 이유를 모르겠소."

"휴우, 이런 때 대주께서는 도대체 어디 계신 건지?"

얼굴에 여러 개의 흉터가 얽혀있어, 다소 무섭게 보이는 하향주였다.

"우리는 대주와 반평생을 동고동락해 온 사이 아니오? 솔직히 대주와의 정리 때문에 천을 떠나지 못하는 거지, 이 나이에 무슨 미련이 있습니까?"

"그렇긴 한데, 천의 명령을 아예 거부하기도 그렇고…."

석실 입구 쪽에 앉아 있던, 고슴도치 수염의 문향주가 갑자기 손가락으로 탁자를 치며 눈짓을 했다.

잠시 후, 검은 면사로 입을 가린 이령 사자가 들어왔다.

늑대 가죽 조끼의 향주 낭혼과 사십대 중년의 향주가 뒤따라 들어왔다.

거침없이 상석에 앉은 이령 사자는 위압적인 자세로 다섯 향주들을 굽어보았다.

"이 청해를 시작으로 한 천하대계가 성공하면, 몇 년 안에 우리 천은 마교와 무림맹을 전혀 두려워할 필요가 없을 거요. 이번에 존부의 고수 세 분과 사신곡에서 쌍사령과 사혼사령들까지 지원을 나와 주셨잖소? 천에서 차지하는 흑사대의 명성에 누가 되지 않도록 여러분이 분발해 주시오."

"무림맹의 지원대에 당문이 가세해서 전력이 만만하지는 않습니다. 이령 사자!"

"하향주! 그래서 내가 온 거 아니오. 독하게 밀어붙였으면 진작 결판났을 싸움이오. 지지부진하게 끌다가 이 꼴인 거지."

지난번에 끝까지 갔으면, 청해 지부와 함께 흑사대도 사라졌을 거라는 말이 하향주의 목구멍까지 차올랐다가 억지로 삼켜졌다.

"이령 사자! 공 대주가 어째 오늘 회의에도 참석하지 않는 겁니까?"

"주 향주는 아직 모르셨나 보오? 공 대주는 천으로 소환되었소."

이령 사자의 말이 끝나기가 무섭게, 세 향주가 자리를 박찼다.

"그게 무슨 말이오? 소환이라니!"

입을 맞춘 것 같은 고성을 동시에 터뜨렸다.

"아아, 앉으시오. 낭 향주. 설명 안 드렸나?"

예상을 넘는 향주들의 기세에, 당황한 이령 사자는 짐짓 화난 음성으로 낭혼을 쳐다보았다.

"죄송합니다. 세분 향주께 미처 말할 기회가 없었습니다."

여전히 무표정하게 앉아 있던 낭혼의 입에서 감정 없는 목소리가 나왔다.

"음… 사실 공하군 대주는 연세도 있고, 오랜 공백으로 실전 감각도 예전만 하기는 어려울 거라는 판단을 하셨소. 그래서 일선보다는 천의 내부에서 할 일을 찾아보자는 취지로 천존께서 부르신 거요. 섭섭하게 대접하지는 않으실 겁니다. 향주들이 여기서 어떻게 하느냐에 따라, 공 대주의 위상도 달라지는 게 아니겠소."

"하아…."

그래도 세 명의 향주들은 어두워진 안색을 풀지 못했다. 이령 사자는 향주들의 반응을 무시한 채, 자신의 작전 계획을 설명했다.

"…그래서 일단은 무림맹을 이곳으로 끌어들이는 게 중요하오. 오는 동안 전력의 상당수를 잃게 될 거요. 그리고 여기서 끝장을 보는 거지."

굳은 표정으로 앉아 있던 세 향주가 나가자, 이령 사자는 중년의 향주를 쳐다보았다.

"하여간 노인네들이 문제란 말이야. 물갈이를 하고 있지만, 그래도 쓸 만한 것들은 좀 더 굴리다가 버려야겠지. 노평! 손님 맞을 준비는 잘 돼 가나?"

"기관진식과 매복을 적절히 배치했습니다. 특히 사신곡의 사혼사령들을 통과하려면 죽을 맛일 겁니다."

노평이라는 향주의 자신감에 이령 사자도 고개를 끄덕였다.

며칠의 실패 끝에 드디어 소기의 성과를 이뤄 냈다.

정지해 있다고 착각할 만큼 이한의 도는 느리게 나아가고 있었다.

벌써 한참이 지났지만, 도가 지나간 궤적은 얼마 되지 않았다. 이마에 있던 땀이 바닥으로 뚝 떨어졌다. 팔을 타고 흐르던 땀방울은 도신을 따라 굴렀다.

자세히 보면, 이한은 물에 빠졌다 나온 사람처럼 폭삭 젖어있었다.

도를 느리게 아주 느리게. 하지만 의지를 심어서 움직이게 하려고 안간힘을 다하고 있었다.

쉬쉭—

어느 순간 의지가 방향을 정해 주자, 도는 거칠 것 없이 유연하게 미끄러져 갔다. 허공을 몇 번이고 베어 가던 도가 서서히 멈췄다.

"후우우…."

뭔가를 이루고 내쉬는 이런 깊은숨은 항상 달다.

이것이 정창명이 말한 무극이 아닐까 생각은 했지만, 맞든 아니든 이제 별 의미는 없다.

아버지 이광의 혈전도에서 이제는 이한의 혈전도로 발전해 간다는 게 중요했다.

산자락을 따라 뉘엿하게 펼쳐졌던 초지대가 끝나고, 곧 수림지대가 나타났다.

초원의 입구에서 합류한 당문의 추혼대와 맹의 지원대는 본격적으로 기련산에 진입했다.

"조형! 여기서 헤어집시다."

바싹 마른 몸에 허리까지 약간 굽어 보이는 추혼수 당인기가 조무백을 돌아보았다.

소매가 넓은 옷을 입어 손을 감추고 있었다. 괴팍해 보이는 인상과 더해 어찌 보면 괴기스럽기까지 한 인물이었다.

하지만 당문의 장로급 인사이며, 추혼대의 수장인 것을

생각하지 않더라도, 추혼수(追魂手)라는 이름은 아무도 무시하지 못한다.

"마제사에서 봅시다."

추혼대와 헤어진 맹의 지원대는 기련산을 넘어 마제사로 진입하기로 했다. 추혼대는 우회하여, 산봉의 협곡을 따라가는 길을 택했다.

마제사는 바위산 곳곳에 암동을 뚫어, 벼랑에 나무 전각들을 제비집처럼 지어 놓은 유서가 깊은 사찰이었다.

수많은 석굴에는 세월이 흐르면서 천불동이나 관음동 같은 이름도 붙어 있었다.

수 일의 정찰과 흑사대의 의도적인 노출로 근거지를 파악하자, 다분히 드러나 보이는 위험에도 불구하고 먼저 공격하는 쪽으로 방향을 잡았다.

이삼십 명으로 무리를 나누어 수림지대로 진입하기 시작했다. 흑사대의 암습을 우려해 모두들 바짝 긴장한 모습이었다.

이한은 지원대 맨 앞 조의 선두에 있었다.

앞서간 백암대의 신호체계를 알고 있다는 이유로, 백암대와 지원대의 연결고리가 되었다.

사냥꾼들이나 기련산에 흩어져 살고 있는 소수부족들이 다녔을 좁은 길은, 빽빽한 수림을 뚫고 산 정상을 향해 굽이치며 나 있었다.

오십여 장 앞에서 가끔씩 산 새 소리 같은 짧고 날카로운 소리가 들렸다.

백암대의 약속된 신호였다.

사방을 둘러선 나무들이 어느 정도 익숙해져 갈 때, 이한은 갑자기 걸음을 멈췄다.

"무슨 일인가?"

"백암대의 신호가 불안정해졌습니다."

조무백이 뒤쪽을 향해 손짓을 하자, 다섯 명의 무사가 이한을 지나쳐 갔다.

잠시 후, 한 명의 무사가 나무들을 피하며 빠르게 내려왔다.

마치 곡예를 보는 것 같은 매끄러운 신법이었다.

"매복인 것 같습니다. 이쪽 오르막이 끝나면 평지가 나오는데, 그곳의 지세가 이상하답니다."

"백암대는?"

"상황을 파악하는 중입니다."

오르막을 오르자, 평지가 죽 펼쳐진 지형이 나타났다. 소로의 양옆으로도 지금까지와 달리 거목은 별로 없고, 잔나무들이 암석 사이로 촘촘했다.

이신후가 기다리고 있었다.

"진인 것 같습니다. 완전히 해진하기에는 좀…."

"음. 그렇다면 후미에 있는 이 군사를 불러와야 한다는 건데. 이것 참, 많이 지체되겠군."

조무백의 시선을 받은 호위무사가 막 아래로 내려가려다, 이한의 목소리에 우뚝 멈췄다.

"…목상변환진(木像變換陳)입니다."

조무백의 시선이 이한을 향했다.

"목상… 변환진? 자네가 해진할 수 있겠나?"

혹시나 하는 기대는 있었다. 하지만 그냥 물어본 수준이었다.

평생을 무공 하나만 판 인물이다.

문이나 무나, 한 가지라도 제대로 하기란 쉽지 않다는 걸 잘 알고 있었다.

무사가 일반 학문도 아닌, 기문진까지 정통하기는 어렵다.

천문, 지리에 역학과 수리까지. 다방면으로 파고들어야 하는 분야가 아닌가?

일반 평무사, 그것도 저 나이에?

"예. 뒤를 좀 봐주시면, 가능합니다."

그냥 던진 조무백의 물음처럼 이한의 대답도 별 대수롭지 않게 나왔다.

"음!"

"…좋아. 내가 같이 가지. 뒤는 걱정하지 말아."

이신후가 나섰다.

이한은 십여 장을 거침없이 방향을 바꾸며 나갔다. 제거

해야 할, 세 목상(木像) 중 하나가 나타나자 일 도에 잘라 버렸다.

지면이 흔들린다는 느낌과 함께 왜곡되었던 공간이 조금 드러났다.

"허!"

이게 이렇게 쉬운 거였던가?

그때까지도 긴가민가하던 이신후는 자신도 모르게 허탈한 탄성을 냈다.

"진이 깨진다. 막아!"

전방에서 고함 소리가 들렸다.

두 번째 목상이 쓰러지면서, 이신후의 도가 본격적으로 바빠지기 시작했다.

급박한 발걸음 소리를 들으며, 이한은 세 번째 목표의 나무까지 베어 넘겼다.

지형의 왜곡이 서서히 정상으로 돌아왔다. 평지로 보였던 지형은 여전히 완만한 오르막이었다.

흑사대들이 달려오고 있었다. 번뜩이는 검광이 가까워졌다.

이한의 도가 느리게 원을 그리다가, 순간적으로 잔상을 남기며 사라졌다.

"컥."

가장 가까이 접근했던 흑사대의 목에 혈선이 그어지며,

뒤로 넘어갔다.

"어? 헛!"

나머지 흑사대들이 주춤했다. 빛이 쪼개져 가는 것 같은 도기에 전의를 상실했는지, 주춤 더 물러나기까지 했다.

이한 자신도 흠칫했다. 도가 너무 유연하게 나가는 것에 스스로도 놀란 것이다.

잠깐의 대치는 곧 올라온 지원대 무사들의 맹렬한 함성 소리와 기세에 완전히 무너졌다.

병장기 부딪히는 소리가 요란하게 울렸다.

"후퇴해! 뒤로 물러나라고."

하향주는 진이 깨졌을 때, 진작 물러났어야 했다고 뒤늦게 자책했다. 밀려 올라오는 무림맹 무사들을 보며, 근처의 대원들부터 퇴각시켰다.

"억!"

정작 자신은 벼락같이 내리꽂히는 창에 오른쪽 어깨를 내주며 검을 놓쳐 버렸다.

창끝이 목젓에 닿아 있었다.

"아!"

순간 순탄치 않았던 지난 삶이 머릿속을 휙 지나갔다.

고아로 버려져 오로지 살기 위해 검을 잡았고, 흑천을 만나고, 철마장 공하군을 만났다.

지독하게 살아왔다고 생각했는데, 수많은 손가락질에도

앞만 보고 죽으라고 달려왔는데. 그것들이 왜 이리 허망하게 느껴지는지.

'하아… 이것이 죗값인가?'

조무백은 자신의 창에 스스로 목을 꽂아온 상대를 물끄러미 바라보고 있었다.

"더 쫓을 까요?"

"됐네. 좀 쉴만한 곳을 찾아보게."

기련산은 과연 크고 넓었다.

몇 개의 봉우리를 넘었지만, 사방이 온통 크고 작은 산의 골들로 막혀 있었다. 암벽과 초지와 수목들이 번갈아 나타나고, 일기의 변화도 심했다.

계곡을 거슬러 오를 때만 해도 비가 내리더니, 능선을 지날 때는 눈으로 바뀌었다. 차라리 비보다는 나았지만, 눈이 쌓일 것이 염려되어 속도가 빨라졌다.

산정에서 내리치는 바람을 따라 눈이 온몸을 때리고 지나갔다.

"다 와서 눈을 만나다니. 산봉만 넘으면 마제사가 있는 흥사암 절벽이 지척인데."

"잠시 쉬었다 가는 게 좋겠습니다."

"음… 차라리 그게 좋겠소."

조무백과 이학유가 대화를 나누는 사이에 전방에서 갑자기 비명이 들렸다.

위로 급히 오르던 조무백은 날아오는 화살을 황급히 쳐냈다.

"노(弩)?"

가장 앞서 있던 이한의 조에는 더욱 집중적으로 화살이 날아들었다. 시커먼 화살은 바람을 타고 위력이 배가 되어 지원대를 휩쓸고 지나갔다. 곳곳에서 다급해 보이는 아우성들이 들려왔다.

날아오던 몇 대의 화살을 쳐 내고, 최대한 자세를 낮추어 위쪽을 올려다보았다.

'하아! 큰일이다.'

십여 장 위쪽의 암석군에서 화살이 날아오고 있었다. 더 나쁜 것은 백암대의 종적을 놓쳐 버렸다는 것이다.

이한은 빠르게 뛰쳐나갔다. 옆으로 몇 명의 지원대 무사들도 치고 나가고 있었다.

얼굴로 날아오던 화살이 귀 옆을 스치며, 기분 나쁜 소리와 함께 지나갔다.

같이 뛰어나가던 지원대 무사가 아래로 굴렀다. 허벅지에 화살이 박혀 있었다.

이한은 이를 악물었다. 쉭쉭거리는 소리가 몇 개나 스치고 지나갔다. 암석군을 뛰어오르자마자, 도를 쥔 손에 힘을 주었다.

노를 든 흑사대들이 놀란 표정으로 순간 멍해 있었다.

이한을 향해 노를 겨누었던 흑사대는 도가 아래로 그어지면서, 머리에서 일직선으로 노와 함께 잘려 버렸다.

노는 장전 속도가 느리고 무겁다는 단점이 있었지만, 나무틀과 방아쇠가 있어, 궁을 익히는 것보다 훨씬 쉬웠다.

군부에는 노를 전문으로 훈련하는 부대가 있을 정도였다.

"방심하다 피해가 많아졌어."

"치고 빠진 걸로 봐서는 이선을 구축한 모양입니다. 우리도 빨리 정비를 해야 합니다."

이학유는 자책하고 있는 조무백을 일깨우며, 전황 파악에 신경을 곤두세웠다.

사라진 백암대를 찾는 것이 제일 급했다.

이한은 좀 더 산정으로 오르며 기감을 확대시켰다. 정상 가까이에서 주변 지형을 살피다가, 급히 오른쪽 아래로 방향을 잡았다.

암석지대를 통과하자, 잡목으로 가려져 있던 계곡이 모습을 보였다.

장호가 다른 백암대원을 끌어안고 비틀거리며, 위태하게 올라오고 있었다.

"장 무사님!"

급히 다가가자, 대원의 무게를 이기지 못한 장호가 비탈에 미끄러지며 뒹굴었다.

"사령마장(邪靈魔掌)에 당했다. 빨리 본대로 데려가."

장호가 숨을 헐떡이며 힘겹게 말을 토해냈다.

이한은 급히 백암대원을 둘러업다가 장호를 돌아보았다.

"어서가!"

"장 무사님은요?"

"사신곡에서 쌍사령(雙邪靈)이 나왔다. 조장이 유인해 갔는데 얼마 못 버텨. 가 봐야 해."

이한이 보기에는 장호의 상태도 좋아 보이지 않았다. 파리한 안색에, 입가에는 닦아 낸 핏자국도 보였다.

"제가 가 보는 게 낫겠습니다."

"네가?"

"위로 가면 본대가 있습니다. 지금은 수색 중이라 쉽게 만날 겁니다. 이 상태로 더 싸우기에는 무립니다. 제가 갈 테니 본대를 만나면 지원을 해 주십시오. 어떻게든 시간을 끌어보겠습니다."

장호도 자신의 몸 상태를 아는지 고집을 피우지는 않았다.

"알았다. 계곡을 따라 아래로 내려갔어. 지원이 갈 때까지 버티고만 있어라."

"알았습니다. 어서 가세요."

이한은 주위를 빠르게 살피며 계곡을 따라 내려갔다.

하지만 얼마 못 가, 흑색 장포를 걸친 노인이 계곡 옆 바위 위에서 자신을 바라보고 있다는 것을 알았다.

"쌍사령?"

기척이 잘 감지되지 않은 것을 보면, 고수라는 직감에 자신도 모르게 소리를 질렀다.

"크윽, 어린놈이 나를 알아본다? 아까 도망친 놈을 만났다는 얘기구나."

흑색 장포의 노인은 쌍사령 중 흑사령이었다.

사신곡에는 죽음의 그림자라 불리는 백 명의 사혼사령이 있었다.

일반 사령들 중에서 고르고 골라, 사혼사령으로 키워내는 이들이 바로 흑백의 쌍사령이었다.

사신곡 내에서, 곡주를 제외하고는 무소불위의 존재들이었다.

흑사령은 바위에 앉은 채로, 이현을 내려다보다가 눈동자가 새까맣게 변했다.

이상하다고 느끼는 순간 미간이 아려왔다. 고개가 반사적으로 돌아갔다.

퍽—

뒤에서 바위 터지는 약한 소리가 났다. 허! 무형기(無形氣)의 일종인 것 같았다.

"암사안(暗邪眼)을 피하다니! 한 수 한다는 건가?"

상당히 의외라는 말투였다.

이한은 자신을 완전히 하수 취급하는 흑사령의 말투가 은근히 거슬리기 시작했다. 품속에서 무투권갑을 꺼내 착용하면서, 흑사령을 향해 심드렁한 눈빛을 보냈다.

"호오! 어린놈이 감히 내 앞에서 건방을? 게다가 호승심까지 드러내!"

말이 끝나기가 무섭게 흑사령의 몸이 떠오르는가 싶었다. 갑자기 앙증맞은 아이의 손 모양을 한 새까만 권기가 쭉 뻗어 왔다.

퍼버버버벅—

무투권갑에서 뭔가 터지는 소리가 연거푸 났다. 양팔을 교차시켜 흑사령의 손을 막았던 이한은 뒤로 주르륵 밀려났다.

양팔이 저려 왔다.

"켈켈켈. 사령인(邪靈印)이다. 이놈! 이번에는 골통을 부셔 주마."

비아냥거리는 말투와 함께 여러 갈래로 쇄도하는 사령인의 공세가, 흩날리고 있는 눈을 타고 순식간에 다가왔다.

권갑으로 사령인을 튕겨 내며 우권을 떨쳐 냈다. 천단기를 극성으로 담은 연운구권의 탄권이었다. 눈송이들이 권풍에 휘말려 흑사령을 향해 폭풍처럼 덮쳤다.

"이 하룻강아지 같은 놈이."

흑사령의 손이 어지럽게 흔들렸다. 눈들이 흑사령의 근처에서 튕겨나기 시작했다. 지금까지와는 위력이 다른 사령인이 이한의 우권와 부딪쳤다.

제법 큰, 퍽 하는 소리가 허공으로 퍼져 나갔다.

이한은 급격히 뒤로 튕기며 밀려났다.

치열한 공방에서 손해를 입고 있었지만, 계속된 흑사령의 공격을 무위로 돌리고 있었다.

몸에서 느껴지는 내공의 기운이 아주 미약해서, 가볍게 생각했던 어린놈이다. 하지만 의외의 실력을 갖고 있다. 전력을 다한다면 죽일 수는 있겠다 싶지만, 본인도 상당한 타격을 각오해야 한다.

적지나 마찬가지인 곳에서 부상이라도 당하면 최악의 상황을 맞을 수 있다.

무림맹의 정찰기능을 무력화시키는 소기의 목적을 달성한 만큼, 놈을 빨리 처리하느냐 이대로 물러나느냐를 결정해야 한다.

갈등으로 잠시 주춤했던 흑사령은 독문장공인 사령마장을 거칠게 뿌리며, 이한을 몰아 붙여갔다. 이대로 물러가기에는 자존심이 허락하지 않았다.

갑자기 공세가 급박해지자, 이한은 움직임을 최소한으로 줄여 방어에 치중하면서, 흑사령의 빈틈을 노렸다.

죽음의 기운처럼 파고드는 사령마장에 맞춰 이한의 권각도 유연하게 변했다. 한 번씩 폭발적으로 뻗어내는 권의 기세도 만만치 않았다.

흑사령은 점점 초조해져 갔다.

온몸에 검은 기운이 감돌더니 양 손바닥이 흑색으로 번쩍였다. 사령마장의 기운을 최대로 뽑아내고 있었다.

빈틈을 날카롭게 파고들던 사령마장에 파괴적인 힘을 더하자, 숨도 쉬기 힘든 압박감을 주었다.

시간을 끄려는 시도 같은 건, 이제 아무 의미가 없다. 오직 정면대결이다. 권을 단단히 말아 쥐고, 잠혈의 기까지 모조리 끌어왔다.

수도 없이 수련한 구운권(九雲拳)이다. 한번 해 보는 거다!

'으아아아악.'

마음속의 괴성을 용기로 삼아, 아홉 권의 연타를 사령마장과 맹렬히 부딪쳐 갔다.

파박— 팍팍팍—

의외로, 두 개의 힘이 연속으로 부딪치는 소리는 이전과 비교도 되지 않게 작았다.

하지만 아까부터 권과 장의 기운에 휩쓸려 갈팡질팡하던 눈들이, 두 사람의 이 장 밖으로 깨끗이 밀려나 있었다.

흑색 머리띠가 풀려 치렁한 머리카락이 얼굴을 가리는데도, 흑사령은 꼼짝도 하지 않고 이한을 노려보고 있었다.

아직도 권을 내민 자세를 유지하고 있는 이한도 흑사령에게서 눈을 떼지 않았다.

"하…! 칠십 평생을 무공일도에 전념했는데, 너 같은 핏덩이 하나 어쩌지 못하다니!"

어쩐지 허탈한 것을 넘어 허망한 감정이 느껴지는 목소리였다.

"싹을 잘라야 할 놈인 건 분명한데, 이름이 뭐냐?"

"이한."

나지막한 음성이 흑사령의 심기를 더욱 들끓게 만들었다.

흑사령의 오른손이 검은 기운으로 일렁이며, 파르르 떨리다가 멈췄다. 갑자기 계곡 아래로 몸을 날려갔다.

"기억하지. 운이 좋은 놈으로."

"허헉!"

흑사령이 사라지자마자, 이한은 가슴을 움켜쥐고 주저앉았다. 울컥 피가 솟구치며, 통증으로 가슴이 답답했다.

버틸 만큼 버틴 것이다.

흑사령이 조금만 늦게 사라졌어도. 생각만 해도 아찔했다.

"자네! 괜찮나?"

백운검(白雲劍) 송유가 여러 명의 무사와 함께 달려왔다.

"후우! 빨리 쫓아야 합니다. 이신후 조장이 더 위험해졌습니다."

"걱정 말게. 단천객이 먼저 갔네. 혼자 복귀할 수 있겠나?"

단천객(斷天客) 이철강은 송유, 유장청과 더불어 역시 무원의 인물이었다.

이한의 상태를 확인한 송유도 급히 계곡을 타고 내려갔다.

이학유 군사가 이한을 찾아왔다.

"좀 어떤가?"

"움직일 만합니다."

지원대는 마제사를 지척에 두고 벌써 사흘을 허비하고 있었다.

지부장 학수범이 지부 무사들을 이끌고 합류하고서야, 부상자 처리에 숨통이 트였다.

송유 일행이 구해 온 이신후와 백암대원들은 도저히 임무를 수행할 수 없을 정도의 부상이라 지부로 후송되었다.

"자네가 장 무사와 함께 척후를 봐 줬으면 하네. 몸이 완전치는 않겠지만, 그나마 자네 만한 적임자를 찾기가 쉽지 않네."

"해 보겠습니다."

이학유는 어렵게 꺼낸 말을 쉽게 승낙하자, 이한의 어깨를 다독여 주며 고개를 끄덕였다.

"고맙네. 이따가 회의에서 보세."

이학유가 돌아가자, 다시 몸 상태를 점검해 나갔다.

"마제사로 내려가는 이 무진협곡이 문제입니다. 안개가 사시사철 끼어 있어 조심해야 합니다. 협곡만 무사히 지나면 흥사암 절벽까지 거의 평원지대라, 빠르게 경공으로 통과하면 두어 시진 정도 걸릴 겁니다."

이학유의 설명을 모두가 묵묵히 경청하고 있었다.

"추혼대의 사정은 어떻다던가?"

"조금 전에 추혼대도 저희와 비슷한 거리에서 대기하고 있다는 전갈을 받았습니다. 자잘한 암습은 있었지만, 전력에 큰 손실은 없다고 합니다."

"다행이군."

"그 무진협곡 말인데, 흑천이 그곳에 전력을 집중해 놓았을 가능성이 있지 않을까?"

"가능성이 아주 높습니다. 마제사로 가는 마지막 장해물입니다."

거의 확신에 찬 이학유의 목소리였다.

바위산을 내려오자, 군데군데 수림이 울창한 무진협곡의 모습이 보였다. 수직에 가까운 절벽이 둘러선 계곡이었다. 생각보다 좁지는 않았다.

물길이 계곡을 따라 아래의 평원으로 흘러내리고 있었다.

"휴우, 가 보자고. 협곡 중간부터가 안개 지대라니까, 그곳만 조심하면 별문제 없을 거야."

물길을 사이에 두고 양쪽으로 협곡을 따라 내려갔다.

언제부턴가 온몸이 축축해지는 느낌이었다. 구름 속을 걷는 착각을 일으킬 만큼, 짙게 깔린 안개가 일렁이고 있었다.

잠시 걸음을 멈춘 이한은 안개 지형을 유심히 살폈다.

장호에게 신호를 보냈다.

잠시 후 장호가 보낸 신호를 따라 조심스럽게 이동했다.

갑자기 옆으로 검기가 튀어나왔다. 고개를 돌리지도 않고 도를 내리그어 버렸다.

신음성도 없었다. 손에 걸린 감촉으로는 즉사했을 것이다.

안개 너머로 다리를 약간 절고 있는 장호가 희미하게 보였다.

"사신곡 사령들이다! 재수 없게 한 칼 먹었어."

왼쪽 다리로 길게 베어진 흔적이 있고, 찢어 낸 옷자락이 겹겹이 감겨 있었다. 큰 부상이 아니라지만, 방심할 상처로 보이지는 않았다.

"여기서 후속대를 기다리세요. 전 조금 더 안으로 들어가 보겠습니다."

"왜?"

"아무래도 안개가 이상합니다. 너무 짙어요."

"같이 가자. 혼자서는 위험해."

장호는 후방을 향해 날카로운 소리를 길게 내고는, 절뚝거리면서도 이한을 따라나섰다.

그 시각 백운검과 단천객도 스무 명의 무사들과 함께 안개 지대로 들어섰다.

"흩어지지 말고, 이인 일조로 천천히 전진하게."

장호의 위험신호에 바짝 긴장하며 안개를 헤치고 나갔다.

"오호!"

송유가 걸음을 멈추고 한 곳을 뚫어지게 바라보다가 탄성을 냈다.

"깨끗하군."

뒤따르던 단천객 이철강이 송유의 심정을 대신 말했다.

이한이 베어버린 사령의 주검이 있었다. 머리 아래로 혈선이 쭉 나있었다.

"자네가 후방을 맡게. 내가 앞장서지."

송유의 말에 이철강은 고개를 끄덕이고, 무사들의 뒤로 빠졌다.

한참을 전진하던 송유의 검이 갑자기 날았다.

검신을 타고 핏방울이 주르륵 미끄러졌다.

이것이 신호가 되었는지 여기저기로 검들이 날아들었다.

"공간을 좁히고, 대형을 유지해!"

걸음을 멈추고 좌우에서 날아드는 검기를 베어가던 송유가 말했다.

뒤쪽에서 비명이 들렸다.

옆에 있던 무사가 쓰러지는 동료를 대형 안으로 끌어들이며, 쏘아져 오는 검을 막고 있었다.

후미에 있던 이철강도 양손에 들고 있던 쇠막대기인 철편(鐵鞭)을 휘둘렀다.

일반적인 검의 길이에, 손잡이에는 부드러운 가죽을 감은 병기였다.

안개를 뚫고 검기가 미간을 찔러왔다. 이철강은 철편으로 급히 막다가 순간 당황했다.

검이 어느새 여러 갈래로 갈라지며, 전신을 노리고 쇄도하고 있었다.

철편이 아래위로 흩어지며 검을 튕겨 냈다. 지금까지와

는 비교도 되지 않을 신랄하고 독한 검기였다.

"사혼사령(死魂死靈)!"

본격적으로 죽음의 그림자들이 움직이기 시작했다.

다행히 연무진(煙霧陣) 외에는 없었다.

간단한 미로진이라도 가미했으면 더 곤란했을 것 같다는 생각을 하면서, 장호를 돌아보았다.

"자연 안개를 이용한 연무진을 설치해 놨습니다."

"그럼 어떻게 하지?"

"일단 진의 중심으로 가야죠, 뭐."

"그래? 가 보자."

일단은 가장 유력해 보이는 쪽으로 방향을 잡았다. 뭉글거리는 안개의 농도가 더 짙어지면서, 뒤에 따라오는 장호가 형체만 보일 정도였다.

'사혼사령이다!'

"쉬익"

날카로운 검기가 날아들기 시작했다.

이한의 도가 검을 차단하자마자, 횡으로 그어졌다. 바로 허공을 가른 느낌이 왔다.

역시 사령들과는 반응속도가 달랐다.

도를 튕겨 급히 회수하는 척하다가, 기를 집중시켜 같은 공간으로 다시 그었다.

사악—

뭔가 베어져 나가는 감에, 한 발을 더 나가 좌우 사선으로 연달아 도를 날렸다.

또 빠져나간 것 같다. 하지만 이한의 기세에 놀랐는지 공격이 멈췄다.

잠시 주춤하며 소강상태를 보이던 검기들이 뒤쪽에서 다시 다가왔다.

어째 집요한 것이 진의 중심에 맞게 찾아온 것 같다.

몸을 비틀어 회선각을 차 냈다. 떨어져 나가는 상대를 오른쪽에서 대각선으로 베어 버렸다. 조금 뒤처졌던 장호가 그제야 숨을 헐떡이며 접근해 왔다.

"헉헉! 다 왔나?"

온전치 않은 몸으로 확실히 무리를 했다. 내상이 다시 도졌는지 목소리가 조금씩 떨리고 있었다.

"예. 여기 어딘데, 바람의 유동을 막을만한 돌무더기나 바위 같은 것을 찾아야 합니다."

"저거 아닌가?"

혼잣말처럼 중얼거린 장호의 말에 이한의 시선이 따라갔다.

바위로 보이는 희미한 형체가 있었다.

맞았다. 진의 중심축이 되는 인공 구조물이었다.

"뒤를 좀 봐 주십시오. 이걸 무너뜨려야 합니다."

품자 형으로 서 있는 세 개의 바위 더미 앞에 선 이한은 일단 허술해 보이는 부분부터 치우기 시작했다.

백운검 송유의 단정하고 깔끔하던 무복이 헝클어져 있었다.

안개에 기척을 숨긴 채, 기습적으로 파고드는 사혼사령들의 검을 상대하려니 까다로웠다. 하지만 짙은 안개에 답답한 시야가 심리적으로 더 힘들었다.

가슴을 파고드는 검기를 부드럽게 휘감아 넘기며, 송유의 검이 찔러 나갔다.

어느 순간 시야가 점점 넓어지는 느낌이었다.

찔러가던 검을 급히 회수해, 아래로 빠르게 베어냈다.

연무진을 믿고, 송유의 왼쪽으로 움직이던 사혼사령이 급격히 튕겨 나갔다.

주위가 점점 밝아지면서, 안개가 감추고 있던 무진협곡의 본 모습이 드러냈다.

열 명이 넘는 사혼사령과 백 명 가까운 사령들이 곳곳에 은신하고 있었다.

십여 장 아래에 이한과 장호가 사령들에게 둘러싸여 있는 것도 보였다.

"일단 뚫어 봅시다."

송유는 남아있는 무사들과 이철강을 이끌고, 포위하고 있는 사령들에게 돌진했다.

갑자기 진이 해체되자, 사령들은 당황해 물러서기 바빴다.

더구나 무림맹 본진이 가까워지고 있었다.

"후퇴해!"

마제사가 있는 흥사암 절벽이 보이는 평원에 집결한 무림맹 본진은 추혼대의 소식을 기다리며 휴식에 들었다.

이한은 아까부터 생각에 잠겨 있었다.

꼭 시기를 단정하기는 그렇지만, 흑사령과의 싸움 이후로 몰라보게 기감이 확장됐다.

절정 고수라는 백운검 송유조차, 사혼사령의 은신을 감지하는 데 어려움이 있었다고 했다. 물론 연무진의 영향도 있었겠지만.

안개 속에 기척을 숨기고 있던 사혼사령의 실체를 자신은 어느 정도 찾아낼 만했다. 절정의 문턱도 밟지 못한 처지니, 송유의 경지를 넘볼 수준은 못 된다.

결국 천단공이 아니면 설명이 되지 않았다.

온몸으로 기련산의 정기를 한껏 끌어들이자, 탱탱하게 부풀어 오르는 충만감이 전신을 채워나갔다. 분명히 맹을 떠나올 때보다는, 훨씬 편안하게 기를 끌어오고 발산해 낼 수 있었다.

자연기를 이용한다는 관점에서 보면, 천단기가 주위 환경에 훨씬 민감할 수 있지 않을까 싶었다.

비록 거리는 많이 떨어져 있지만, 확 트인 평원이라 마음만 먹으면 상대를 탐지하기는 어렵지 않았다.

"옛날에 저거 만들 생각을 한 사람이 도대체 누굴까? 꼭 제비집 같네."

장호는 흥사암 절벽 위아래로 위태하게 매달린 사찰의 법당들을 보고 감탄을 했다.

더구나 절벽 안으로 암동을 다 뚫어, 법당들을 다 연결해 놓았다고 했다.

"언제 공격할까요?"

"글쎄. 추혼대도 대기 중이니, 곧 하겠지."

장호와 이한은 평원의 얕은 구릉 위에서 마제사를 바라보고 있었다.

마제사 안에서 한 무리의 흑사대가 평원으로 나오고 있었다. 지켜보고 있는 무림맹 무사들 사이에 긴장이 흐르기 시작했다.

"이건 뭐. 은신이고 은폐고 하는 게 없으니까, 더 긴장되네."

장호가 말하는 사이에 무림맹에서도 출전 명령이 떨어지면서, 무사들이 평원을 가로질러 쏟아져 나가기 시작했다.

"우리도 가지."

"장형님은 아직 부상 중이니 천천히 가시죠."

"뒤에 있다가 오히려 복장 터져 죽어."

평원의 중간에서 양 세력이 부딪쳤다.

달리던 속도를 줄이며, 잠시 숨을 고른 이한은 뒤섞여가는 무리 속으로 뛰어들었다.

기감을 대폭 줄여 주변에만 집중시켰다. 도를 유연하게 늘어뜨리고, 다리를 굳건히 버티고 섰다.

'온다!'

도가 먼저 반응했다. 도의 손잡이를 손가락 사이로 빙글 돌려 잡고, 내리그었다.

쓰러지는 흑사대를 피해 한 걸음 더 나갔다.

그리고 또 한 걸음.

나갈 때마다 이한의 뒤로 흑사대의 주검이 늘어나고 있었다. 어느 순간부터 이한의 주위로 다가오는 흑사대가 확연히 줄었다.
주위에 빈 공간이 생겼다.
번뜩—
다시 난전 속으로 뛰어들려던 이한의 머리 위로 검은 그림자가 떨어져 내렸다. 검광이 착각처럼 번뜩하고 지났다.
상체를 뒤로 젖히며 일단 검부터 막았다. 두 발이 지면을 푹 파고드는 느낌이 들었다.
상대의 검신에 옅은 푸른빛의 기류가 흐르고 있었다. 무거운 압박감에, 도를 비틀어 검을 튕겨냈다.
까르륵—
기분 나쁜 소리와 함께, 검이 밀려 나갔다.
이한은 한 걸음 물러나 상대를 바라보았다. 늑대 가죽 조끼를 걸치고 있었다. 검을 가진 자세와 뿜어져 나오는 기세가 한 마리의 흉폭한 늑대를 보는 듯했다.
흑사대 향주 낭혼!
감정이 보이지 않는 허연 얼굴과 번들거리는 눈빛을 바라보던 이한은 더욱 신중하게 도를 다잡았다.
낭혼의 검이 약간 비틀린다고 느낀 순간, 거의 동시에 몸을 날렸다. 서로의 몸이 스치는 사이에 서너 번의 충격음이 울렸다.
떨어져 내린 이한은 도를 쥔 손이 찌르르하게 울리는 것을 느꼈다.

낭혼의 검은 일체의 변식이나 잡스런 동작이 없는 간결하고 깨끗한 검초였다.

약간의 틈 이후에, 낭혼은 웅크린 늑대가 도약하듯이 뛰어올라 검을 날려 왔다. 이한은 미끄러지며 물러났다가, 착지하는 낭혼을 수직으로 갈라 갔다.

깡—

도를 막던 낭혼의 몸이 뒤로 급하게 튕겨져 나갔다. 이한의 도 끝이 부러지면서, 낭혼의 왼쪽 어깨에 박혀 있었다.

'이런!'

이한은 부러진 도를 버리고, 천천히 무투권갑을 꼈다. 그 모습을 무심히 바라보던 낭혼은 어깨에서 도의 파편을 거칠게 빼냈다. 번들거리는 눈빛이 심해진다 싶을 때, 마제사에서 거친 북소리가 들렸다.

흑사대가 물러나기 시작했다.

"네 목은 내 거다."

"풋! 미친놈. 다음에 만나면 늑대가 아니라, 강아지 새끼로 만들어 주마."

"뭔가? 갑작스런 퇴각이라니!"

전에 당한 부상을 되갚아 주기 위해, 거칠게 조무백을

몰아갔던 사심귀조 소이혁이 언성을 높였다.

그의 곁에는 두 명의 노인이 더 있었다.

여러 색이 섞여 있어, 현란해 보이는 부채를 들고 있는 마선(魔扇) 이자앙과 작은 해골이 달려있는, 채찍을 온몸에 감은 귀마편(鬼魔鞭) 우종이었다.

육척이 넘는 우종에 비해 작고 왜소해 보이는 이자앙은 어울리지 않는 조합이지만, 둘 다 존부의 고수들이었다.

"무림맹 전력이 예상보다 강해서 이대로는 이겨도 별거 없습니다."

"그거야 저들이 기련산을 넘어오는 동안 전력의 반을 잃을 거라고 한, 자네의 호언장담 때문 아닌가?"

마선 이자앙의 힐난에 이령 사자의 입을 가린 면사가 흔들렸다. 하지만 상대는 존부의 원로였다.

아무리 천존의 제자라 해도 함부로 대할 수 있는 상대가 아니었다.

"노향주의 기진이 의외로 쉽게 뚫리는…."

"그래서 어쩌자는 건가?"

이자앙은 화를 억지로 누르며 대답하던 이령 사자의 말까지 끊어 버렸다.

"저들을 이곳의 석굴과 암동으로 끌어들이려 합니다. 노향주가 준비한 기관과 함정이면 저희가 절대 유리합니다."

"큼."

거세게 콧바람을 날린 귀마편 우종이 못마땅한 표정으로 고개를 돌렸다.

“저들을 무슨 방법으로 이곳에 끌어들인다는 것인가?”

“저희가 잡아 놓은 중들을 이용하는 겁니다. 한 시진에 한 명씩 효수할 겁니다. 명색이 정파라는 놈들이 보고만 있지는 않겠지요.”

“음.”

다들 별말들이 없었다. 마음에 들지는 않지만, 별 반박도 하고 싶지 않은 것이다.

“추혼대는?”

“천불동에서 접전 중이라는데, 쌍사령과 사신곡을 뚫고 오지는 못할 겁니다.”

“우리는 그쪽으로 가 볼 테니까, 이곳은 자네가 알아서 하게.”

존부의 원로들은 무작정 석동을 나가 버렸다.

갑작스런 행동에 이령 사자는 순간 당황해서, 만류도 못하고 멍청하게 서 있었다.

“이… 이런 죽일 것들이….”

혼자 남은 이령 사자는 손을 부들부들 떨다가 돌로 만든 탁자를 내리쳤다.

“언젠가 내 발밑에 고개를 조아릴 때, 그 잘난 머리통들을 지긋이 밟아 주마.”

탁자의 모서리가 완전히 부서져 내렸다.

무림맹 진영도 어수선하기는 마찬가지였다.

"오십여 명의 사상자가 났습니다."

"휴, 이미 각오한 일 아니오? 저들이 언제 공격해 올지 모르니, 긴장을 풀지 말라고 전하시오."

학수범은 평원을 바라보며 착잡한 음성으로 말했다.

"추혼대에서는 소식이 없소? 송형 일행이 제때에 갔을는지."

"아직은 없습니다만, 걱정 마십시오. 그리 늦지는 않았을 겁니다."

추혼대에서 지원요청이 있었다. 사신곡을 뚫지 못하고 있는 데다, 존부의 고수들까지 합류했다는 소식이었다.

무원의 고수 세 명과 오십 명의 무사가 급파되었다.

"지부장님!"

지부 무사대 대장 양사운이 급히 뛰어들었다.

"저들이 마제사의 승려를 효수하고 있습니다."

"허! 도대체 뭐 하는 짓인지? 결국 구하러 오라는 건가?"

유치하지만, 효과적인 방법일 수는 있었다. 심리적인 면에서는.

"예상했던 대로 석굴에 함정을 설치했다는 거군요. 너무 트인 공간이라 은밀하게 침투하기도 어렵고. 하아, 쉬시는 대주께는 미안하지만, 찾아뵈야겠군요."

이학유의 안색이 어두웠다.

세 번째 승려가 효수되자 무사들 사이에 술렁이는 분위기가 확연해졌다. 이학유가 저녁이 되자 열 명의 무사를 호출했다.

이한도 포함되었다.

"이게 각 석굴과 암동들의 위치도이네. 완벽하지는 않지만 대략적으로 일치할 걸세. 암동의 함정과 장애물 확인이 자네들의 목표일세. 본대가 뒤따라 진입할 테니, 감당할 수 없다 싶으면, 즉시 멈추고 기다리게."

날이 밝아오자, 무림맹 본단이 마제사로 진격해 들어갔다.

흑사대의 문향주와 주향주가 삼백여 명의 무사를 이끌고 대응하다가, 곧 사찰로 서서히 후퇴하기 시작했다.

이한 일행은 암동으로 진입하자마자, 각자 맡은 곳으로 흩어졌다.

이한은 도호정이라는 맹주부 무사와 함께였다.

도호정은 손바닥 안에 들어오는 작은 검 모양의 암기인

수리검(手裏劍)의 고수였다.

가슴을 가르며 차고 있는 혁대에는 수리검들이 촘촘히 꽂혀 있었다.

곳곳에 있는 석실을 연결해 놓은 암동은 생각보다 어둡지 않았다. 이한은 부러진 도를 가볍게 흔들어 보고, 앞장을 섰다.

평지의 암동이 끝나자 자연 암석을 그대로 깎아 만든 계단이 나타났다. 반원으로 굽어진 계단이었다.

이한은 뒤를 돌아보며 고개를 한번 끄덕이고, 굽어진 쪽으로 겉옷을 펼쳐 던졌다.

쉭쉭 하는 소리와 함께 화살이 날아왔다.

일단 계단을 박차고 뛰어나갔다. 다시 화살이 날아왔다. 화살을 쳐내며 계단의 끝을 향해 치달아 올랐다.

다섯 명의 흑사대가 노를 들고 겨누고 있었다. 암동의 벽을 박차고 흑사대의 머리 위로 떨어져 내렸다.

검을 빼어 드는 흑사대들 사이로 이한의 도가 그어졌다.

뒤에서 다가오는 흑사대를 향해 몸을 회전시키다가 순간 멈칫했다. 앞으로 넘어져 오는 흑사대의 등에 수리검이 박혀 있었다.

계단을 올라온 도호정과 시선을 교환한 이한은 암동에 난 창을 통해 바깥을 살폈다.

일부가 아직 뒤엉켜 싸우고 있었지만, 많은 수의 무림맹 무사들이 저지를 뚫고, 몇 개의 전각으로 들어선 것으로 보였다.

“어떤가?”

수리검을 회수하고 있던, 도호정이 이한의 얼굴을 쳐다보았다.

“본대가 많이 진입했습니다.”

“바쁘게 움직여야 되겠어. 어서 가 보자고.”

암동 곳곳의 석실을 꼼꼼히 살피며 가던 이한이 갑자기 걸음을 멈췄다. 기감에 잡히는 움직임은 없었지만, 뭔가 감이 좋지 않았다.

그리고 발견한 가는 선들!

“엇! 저거 실 같은데?”

도하정도 이제 발견한 모양이다. 암동 벽을 가리키며, 조심스럽게 벽으로 다가갔다.

벽에서 마주 보고 있는 벽으로 거의 투명해 보이는 실이 길게 걸려 있었다.

이한이 바닥에서 고운 돌가루를 쓸어 모아 암동에 흩뿌렸다.

가는 실 여러 개가 무릎 높이에서 가슴 높이로 걸려 있었다.

“이렇게 고정시켜 놨네요.”

벽에는 가는 쇠막대기가 거의 끝까지 박혀 있고, 손톱 만한 실패가 있었다. 실패에 실이 아슬아슬하게 걸려 있었다.

“실이 끊기면, 정면의 벽에서 암기 같은 것이 발사되는 모양입니다.”

“흠! 실을 고정시켜는 방법밖에 없겠는데?”

“…아예 끊어 버리죠, 뭐.”

휘익— 휭— 휭!

줄이 하나씩 끊길 때마다 암기들이 암동을 날아다녔다.

수리검을 던져 마지막 줄을 끊는 도호정을 보면서 이한은 고개를 갸웃했다.

너무나 초보적이고 단순한 기관이었다.

기련산의 기문진이나 암동의 기관이나, 조금만 더 손을 봤으면 이렇게 쉽게 뚫리지는 않았을 것이다.

뒤이어 암동으로 밀려 올라오는 본대와 섞이는 바람에 생각을 멈췄다.

첫 번째 전각에서 드디어 흑사대 본대와 마주쳤다. 불상을 모신 법당이 순식간에 난장판이 되었다.

이한은 위쪽으로 올라가는 계단까지 파죽지세로 밀고 올랐다.

일부가 밖으로 트인 암동이 나타났다.

밖으로 보이는 정황상으로는, 수많은 석실과 암굴, 전각들이 거의 대부분 전장으로 변해 있었다.

"마제전과 장불전이 뚫렸습니다."

노평의 보고에 이령 사자는 노화를 참는 듯 한동안 말이 없었다.

"천불동에 연락해서 존부의 늙은이들을 오라고 해."

"그건… 알겠습니다."

노평은 뭔가 말하려다 마지못해 석실을 나갔다.

"저런. 죽일 놈! 귀사(鬼師)의 제자만 아니었으면, 단번에 때려죽였을 것을."

이령 사자는 분을 못 이겨 이를 콱 깨물었다.

"낭혼! 가자. 무림맹 놈들 몇이라도 죽여야 속이 좀 풀리겠다."

막 나가려던 이령 사자와 낭혼이 걸음을 멈췄다. 노평이 황급히 뛰어 들어왔다.

"창천대가 왔습니다."

"무슨 소리야? 창천대라니!"

이령 사자는 너무 놀라 말끝이 떨렸다.

"창천대주 남궁철이 사백 명의 창천대를 이끌고 천불동에 진입했답니다."

노평은 어두운 얼굴로 말하며 천장으로 시선을 돌렸다.

"삼사제! 그놈은 뭐 했다는 거야? 이곳으로 오는 지원세력을 막아야 하잖아."

이령 사자의 목소리가 높아졌다.

"공동과 청성을 견제하느라 딴 곳이 뚫렸나 봅니다. 창천대가 이렇게 빨리 도착했다는 것은 회족들을 완전히 회유하지 못했을 공산이 큽니다."

이령 사자의 손이 붉게 물들더니, 갑자기 노평의 가슴을 쳤다.

이장이나 날아가 처박힌 노평은 입에서 피를 토해 내며 일어나려고 버둥거렸다.

"그렇게 잘 아는 놈이 일을 이 지경으로 만들어!"

노성을 발한 이령 사자는 손을 치켜들고 노평에게 다가갔다.

"이령 사자! 이럴 때가 아닙니다."

막 노평을 향해 장을 내리치려던 이령 사자의 앞으로 낭혼이 끼어들었다. 잠시 손을 들고 부들거리던 이령 사자는 곧 뒤돌아섰다.

"노평! 지금 삼사제 어디 있나?"

"얼마 전… 컥… 난주에."

노평은 힘겹게 비틀하며 일어나려다 다시 주저앉았다. 결국 낭혼이 들쳐 업고 석실을 나섰다.

하지만 낭혼은 몰랐다. 업혀있는 노평이 웃고 있는걸.

노평은 사부이자, 흑천의 두뇌집단이라는 귀각(鬼閣)의

각주 귀사의 명령을 완수한 것이다.

귀사는 이 기회에 새로운 천존을 위협할 수 있는 인물인 철마장 공하군의 손발을 자르고 싶어 했다.

비틀거리는 무림맹 무사를 거칠게 밀쳐낸 주향주는 천근 같은 몸을 이끌고, 조금씩 밀려나는 흑사대를 독려하며 검을 휘둘렀다.

"이곳이 뚫리면 지형적 이점이 사라진다. 여기서 막아야 돼."

주향주의 곁으로 이령 사자에게 지원요청을 갔던 문향주가 돌아왔다.

"후퇴합시다. 주향주!"

"무슨 소리요?"

"이령 사자의 측근들은 이미 다 빠져나갔소."

"이런 미친 새끼들! 우리 흑사대를 뒷골목 모리배로 만들 생각인가?"

"진정하시오."

주향주는 검을 거칠게 바닥에 박고 놓고, 문향주를 똑바로 쳐다보았다.

"문향주, 애들을 최대한 수습해서 대주께 가시오. 대주께는 그동안 즐거웠다고 전해 주고. 여기는 내가 막고 있겠소."

"지금 빠져나가면 기회는 있소."

"문향주!"

문향주를 꾸짖듯 부른 주향주는 바닥에 박아 놓았던 검을 뽑아 들고 뛰쳐나갔다.

"그동안 고마웠소. 천천히 오시오."

주향주를 따라 수십의 흑사대가 몸을 날렸다.

사력을 다해 무림맹 무사를 베어가던 주향주를 향해 빛살 같은 검기가 덮쳐 왔다. 학수범의 검은 막았지만, 또 다른 한줄기 검기에 가슴이 베어졌다.

검을 의지해 힘겹게 서 있던 주향주의 목이 한순간 날아갔다.

서서히 넘어지는 목 없는 몸뚱이 위로 무림맹 무사들이 빠르게 지나고 있었다.

출정 내내 긴장해 있다가, 이제야 본정신으로 돌아온 것 같았다.

온몸이 노곤해지면서 어디선가 나는 피비린내가 계속 코끝을 자극해 속이 좋지 않았다.

장호가 술 단지를 끼고 돌아왔다.

"이놈들이 절간에서 술만 펐는지 창고에 술이 가득하더라니까. 특별히 좋은 술이라고 양 대장이 내주더라."

"향이 좋은데요."

술을 많이 즐기지 않는 이한이지만, 오늘만큼은 한잔 마시고 싶었다.

잔 하나를 가지고 주거니 받거니 했다.

"제 아저씨가 전장는 현세의 지옥이라고 항상 진저리를 쳤는데, 아까 뒷정리를 하다 보니 그 말이 맞더군요."

"뭐, 그렇지. 정상적인 사람치고 여기저기 죽어 자빠진 시체들이 즐비한 곳을 좋아하지는 않지. 하지만 우리는 스스로 선택한 길이라서, 적응이 안 되면 참기라도 해야 해."

"머리로는 그런데 마음이 안 좋네요."

"처음이라 그래. 내가 겪은 사람들 중에 그래도 네가 가장 멀쩡한 편이다."

장호는 잔을 한 번에 비우고, 단지의 술을 떠서 건넸다.

"살아 있으면 됐어. 생각 많이 해 봐야 머리만 아프지."

장호가 건네는 술잔을 단숨에 꿀꺽대며 마신 이한은 인상을 찌푸렸다.

"이 술 이름이 뭐래요?"

"나도 모르지. 주는 대로 받아 왔으니까. 왜?"

"정말 독한데요. 벌써 취기가 도는 것이. 후아아… 그런데 좋네요."

귀향 — 도(刀) 무운

청해 지부 지원대의 귀환으로 무림맹은 활기가 넘쳤다.

갖가지 무용담으로 왁자한 방성의 밤거리는 더욱 불야성을 이룰 수밖에 없었다.

정작 그 주인공인 이한은 원로원에서도 잘 볼 수 없을 정도로 칩거해 있었다.

"이놈아! 네 나이에 그런 일을 격고 아무 생각 없으면, 그게 더 이상한 거지. 시간이 해결할 거야. 우거지상 좀 하지 마라. 차라리 미친놈처럼 칼이나 휘둘러. 자식이 어디서 궁상을 떨어."

한 며칠 게으름을 피웠더니, 엉뚱한 쪽으로 생각하신 모양이다.

참혹한 전장의 뒷모습에 마음이 착잡한 것도 사실이다.

하지만 그것만이 아니다. 극심한 피로감이었다. 온몸이

나른하니 축 늘어져 버렸다.

뭔가 큰 장애물을 하나 넘고서 기운이 다 빠진 상태 같았다. 스스로를 돌아봐도 너무 앞만 보고 왔다. 좀 쉬어야겠다는 생각이 들었다.

결국 휴가를 내고 고향인 와당촌을 다녀오기로 했다.

시간이 흐르다 말다, 느릿느릿한 와당촌에서 빈둥거리다가 정신을 차려 보니, 부러진 도가 가장 먼저 눈에 들었다.

새로 감은지 얼마 되지 않은 것 같은데, 도 자루의 가죽이 땀에 절어 눅눅했다. 짓눌린 손자국에는 많이 헤져 있고.

그러고 보니, 도집의 구름문양도 거의 뭉개져 가고 있었다. 많이 낡긴 했다.

'너도 쉴 때가 됐지.'

하연수의 권유로 철방을 둘러봤지만, 마음에 썩 당기는 것은 없었다. 예나 지금이나 철방의 최대 거래처인 장씨 철물도 그렇고.

그래서 가 보기로 했다. 이 녀석이 태어난 석계촌으로.

지금은 아는 사람이 거의 없지만, 석계촌은 수십 년 전만 해도 꽤 유명했다.

천하에 명성을 날린 철의 명장들도 존경했다는 철산자

(鐵刪子) 한종이 터를 잡은 곳이었다.

이한의 조부인 이천도 석계촌에서 독립해 와당철방을 세웠다.

이광이 철방을 물려받지 않고 무문에 입문하면서 잠시 소원했지만, 귀향 이후 석계촌과의 관계는 끈끈이 이어 오고 있었다.

"휴우, 올 때마다 힘든 건 여전하구나."

석계촌은 거친 물살로 유명한 황하의 삼문협곡을 품고 있는 웅이산의 깊은 곳에 있었다.

한종이 이곳에 터를 잡은 이유는 단 하나. 마을을 따라 있는 계곡의 광산에서 최상급의 철광석이 난다는 것이다.

들고 나기에 힘든 것은 고려대상이 아니었다.

그래도 예전과 달리 수레 한 대 정도는 지날 길이 닦여 있었다. 여전히 첩첩산중의 오지 중의 오지이긴 하지만.

"누군지 신분을 밝히세요."

청년들이 마을이 내려다보이는 고갯마루를 지키고 있었다.

"한태평! 이 녀석아, 몇 년 못 봤다고 그새 얼굴까지 잊어버린 거냐?"

"어어. 누구? 혹시 이… 한 형님?"

구릿빛 피부의 건장한 청년이 주춤주춤 다가오더니, 다시 이한을 찬찬히 살폈다.

"아! 맞구나, 죄송해요. 형님! 경계 서느라 며칠 잠을 설쳤더니, 하늘과 땅이 온통 뒤죽박죽이라."

중간에 공동작업장이 있고 주위로 초옥들이 아담하게 옹기종기 모여 있어 운치가 있는 마을이었다. 조금 커 보이는 초옥에 마을 사람들이 모여 안을 기웃거리고 있었다.

촌장 한인수의 두 아들인 태서, 태평 형제가 기거하는 곳이었다.

"고맙습니다. 백모님."

"마셔 봐라. 지난가을에 따서 잘 말렸더니, 향이 꽤 좋아."

형제의 어머니인 한 부인이 찻잔에 물을 따라주고, 찻주전자를 놓아주고는 밖으로 나갔다.

실내에 아늑한 국화향이 사르륵 퍼져 나갔다.

"어머니도 참! 술이나 한잔 내오시지, 차는 무슨."

"나참, 형은 그 몸으로 술 생각이 나십니까?"

실내 한편의 침상에 당당한 체구의 한태서가 한쪽 다리와 팔을 매달고 누워 있었다.

"흠흠."

"부러진 팔다리야 시간이 지나면 되지만, 자칫하면 장기가 상할 뻔했습니다. 백모님의 의술이 고명해서 천만다행이지. 어휴. 그런데 일반적인 산적의 무공이라고 하기에는 많이 미심쩍네요."

산적이란 말이 나오자 한태서의 얼굴이 굳어졌다.

철을 다루어 무수한 병장기들을 제작하다 보니, 무공에 문외한일 수는 없었다. 집안의 호신 무공도 약하지 않았다.

죽자고 익힌 것은 아니어도 어느 정도는 자신했었다. 그런데 산적과의 대결에서 거의 죽을 뻔했다. 자신이 무인이란 생각은 안 했어도, 패배가 쓰라린 것은 어쩔 수 없었다.

[웅산채가 지금처럼 커진 것은 예전에 마을광산이 문을 닫다시피 했기 때문입니다. 일꾼들의 일부가 산채로 들었거든요. 옛 정리를 봐서인지 그동안 마을은 건드리지 않았는데, 요즘은 납품물건에 손까지 댔습니다. 얼마 전에는 마을로 찾아와 행패도 부리고, 병장기를 상납하지 않으면 마을을 뺐겠다고 협박도 했습니다. 그 와중에 태서 형이 다쳤고요.]

마을로 오면서 한태평에게 들은 말이었다.

"형과 대적했다는 이두령이란 자의 무공, 아무래도 백혈장(百血掌) 같단 말입니다."

"백혈장?"

"붉은 작은 손들이 날아다녔다고 했지요?"

"그래. 혈수가 네댓 개씩이나 날아다니니, 정신이 없어 방비할 방법이 없었다."

이한은 수련원에서 들은 사마의 무공에 대해 기억을 다 짜냈다.

"아무리 생각해도 백혈장이네요. 혈수가 백 개나 된다고 해서 붙은 이름이죠. 물론 과장이지만. 형의 가슴에 찍힌 자국들을 보면 거의 확실한데, 듣던 것보다는 위력이 많이 약해서…."

한태서는 표정이 뜨악해졌다. 그 약한 위력의 장법에 죽기 직전까지 간 자신은 뭔가? 제대로 된 백혈장은 얼마나 강하단 건가? 절로 한숨이 나왔다.

"웅산채 산적들이 온다는 날이 언젭니까?"

"이틀 남았다. 하아, 걱정이구만. 천호소로 토벌군을 데리러 간 정 아저씨는 소식도 없고, 제련과정이라도 빨리 끝나야 제대로 산적들과 대적할 수 있을 텐데."

거의 백일에 걸친 제련과정은 석계촌에서 일 년에 한 번 하는 중요한 행사다. 철광석에서 순수한 철을 뽑아내는 이 과정은 멈출 수가 없다.

불순물이 섞이면 그해 철물 생산은 망치는 것이다. 지금 막바지에 접어든 제련 과정에 마을의 청장년들 반수 이상이 달라붙어 있는 이유였다.

“형님! 옵니다.”

한태평이 뛰어왔다. 긴장했는지 이미 검을 빼 들고 있었다.

“넌 이분들과 이곳에서 대기하고 있어라.”

“왜요?”

서른 명 가까이 되는 마을 사람들이 일제히 이한을 바라보고 있었다.

마을에서 어느 정도 무공을 익힌 사람은 다 모였다.

하지만 이들은 철을 다루는 장인들이지 무사는 아니었다. 실전경험이 없어, 익힌 무공을 제대로 펼칠 수나 있을지 의문이었다. 하지만 자신들의 터전을 지키려는 이들의 의욕을 꺾을 수는 없었다.

“먼저 가서 저들의 전력을 탐색할 테니, 신호를 보내면 일제히 공격하는 걸로 하자.”

“아하! 조심하세요. 형님.”

스무 명쯤? 산적들은 혈의를 걸친 두령을 중심으로 일정한 대열 없이 올라오고 있었다. 지난번에 석계촌을 대표해 나온 한태서를 반송장으로 만들어 놔서인지, 긴장감은 보이지 않았다.

“뭐야? 저놈.”

“쯧, 멍청한 것들 하고는. 말귀도 더럽게 못 알아들어요. 끝내 피를 보자 이거지.”

거대한 도끼를 메고 선두에서 건들거리던 텁석부리와는 다르게, 이두령 마황은 금세 사태를 파악했다.

마황의 손짓에 산적들이 좌우로 죽 늘어섰다. 의외로 재빠른 대응태세였다.

‘응!’

도를 들고 고갯마루를 내려오는 저놈. 분위기가 좀 심상치 않은 것 같기는 하다. 뭔가 탄탄해 보이기도 하고. 설마 고수?

백혈장의 가공할 위력까지 봤는데도 어쭙잖은 놈을 내보낸 거면, 석계촌 이 병신들 진짜 돌대가리인 거고.

그렇다고 그새 고수를 초빙했다고? 자세히 보니 어려도 너무 어린놈인데? 그래도 혹시?

그렇다면 일단 몇 마디 나눠 보고 결정해야 한다.

고수면 튀는 거고, 아니면 피떡을 만드는 거고.

어지럽게 머리를 굴리던 마황는 백혈장의 기운을 양손에 모으며, 만반의 준비를 했다.

어…! 어어! 뭐야? 서라고. 우린 대화를 해야 해!

“자, 잠깐…!”

퍽—

이두령 마황의 얼굴이 휙 돌아가며, 앞니 두 개가 공중으로 튀었다. 뒤로 넘어가는 몸이 회절수(回折手)에 잡혀 당겨지고, 그다음은 박투연환백절이 필요 없었다.

퍽퍽퍽퍽—

그냥 폭행이었다. 밟히던 마황의 가슴에서 두두둑 소리가 나서야, 멍해 있던 산적들은 그나마 정신을 차렸다. 그런데 뭘 어쩌라고.

말 그대로, 그냥 걸어와서 그냥 패 버렸다.

목숨이 두 개도 아니고, 이건 엉겨 붙을 상황이 아니었다.

하지만 꼭 분위기 파악 못 하는 놈은 있었다.

"저, 저놈은 호 혼자다. 다 같이… 허악."

이제는 혼자도 아니었다. 산적들 뒤로 내팽개쳐져 있는 피투성이의 중년인 때문에 마을 사람들이 흥분했다. 보기에도 흉흉하게 산적들을 에워싸고 있었다.

"정 아저씨!"

천호소로 토벌군을 청하러 갔던 정씨였다.

"형님! 아버지가 제련장으로 와 보래요."

공동 작업장을 지나 계곡으로 들어서자, 멀리 연기가 올라오는 흙벽돌 건물이 보였다. 철광석을 녹여 순도 높은 철을 얻는 과정이 진행되는 용해로가 있는 곳이다. 단 하루도 불이 꺼지는 법이 없었다.

젊건 늙었건 입구에서부터 실내까지 바삐 움직이는 걸음들이 여태껏 마을에서 보던 그것과는 확연히 틀렸다. 입구로 들어서는 이한에게 관심을 두는 사람도 없었다. 자기가 맡은 일에 최대한 집중을 하고 있었다.

이한은 더 안으로 들어갔다.

주철을 노 안에서 고온으로 녹이는 과정이 보였다. 풀무질을 해 대는 청년들의 울퉁불퉁한 근육을 타고, 땀방울이 연신 흘러내리고 있었다.

흐르는 쇳물을 유심히 살피는 한인수가 있었다.

"패각(貝殼)을 좀 더 넣고, 송풍구를 활짝 열어라."

한인수의 음성에 움직임들이 더 급박해졌다. 막바지 작업이었다.

얼마나 기다렸을까?

서서히 멈춰지는 풀무질에 드디어 한인수는 용해로에서 눈을 뗐다.

많은 시간을 불길과 함께해서인지 반들반들한 피부가 먼저 눈에 띄었다. 고집이 느껴지는 눈매와 입술에서 연륜이 느껴지기는 했지만, 흰 머리카락만 아니라면 아직 중년으로도 보였다.

"백부님!"

"음, 나가자."

선선한 기운을 만끽하려는지 건물 입구에서 잠시 지체하던 한인수는 걸음을 옮기기 시작했다. 용해로 건물에 딸린 작은 부속 건물로 들어갔다.

중요한 곳이란 증거인지 정교한 기관이 여럿 보였다. 벽면 전체가 갈라지며 서늘한 공기로 채워진 공간이 드러났다.

"예전에 왔을 때, 네게 맞는 녀석을 진작 골라 주려 했다. 하지만 광 아우가 넌 다른 길로 갔으면 하는 눈치라 말을 꺼내지 못했다. 네가 이제 무인의 길을 간다니, 찾아보거라. 네 마음을 끄는 녀석이 있는지."

지하로 내려가는 계단을 따라, 긴 통로의 끝을 막고 있는 석문 앞에 섰다.

수장고(守藏庫).

화려하고 날렵하기보다 투박함을 그대로 살려서 쓴 글씨였다. 천천히 열리는 석문 뒤로 장방형의 석실이 보였다.

"둘러 보거라."

한인수의 어투와 태도만큼이나 단조로운 구조였다.

벽면에 걸려 있는 도검은 총 아홉이었다. 아주 오래된 고검부터, 날이 새파랗게 서 있는 환도까지.

"마음 가는 것이 있느냐?"

"예."

이한은 선뜻 대답했다.

고풍의 검 옆에 걸려 있는 저 도!

어둠을 머금은 것 같은 은은한 검은 빛의 도신에, 뭔가 무거운 기운이 담겨 있었다. 다른 건 눈여겨볼 것도 없이 바로 눈에 띄었다.

한인수는 이한이 지목한 도 앞에 잠시 서 있었다. 그리고 조심스럽게 도를 두 손으로 받아 내렸다.

"이름은 무운(武運). 선조 한 분의 평생이 온전하게 담긴 도다. 떨어진 유성을 두드리고 또 두드리셨다 한다. 이리 오너라."

이한이 다가오자 도를 신중하게 건넸다.

묵직한 무게감에 이은 완벽한 이 균형감!

이놈 진짜 물건이라는 느낌이 이한의 심장을 강하게 두근거리게 했다.

"한 번의 실전도 없었다. 네 피를 묻혀 최초의 주인임을 알려라."

이한은 왼손에 도신을 잡고 천천히 당겼다. 붉은 피가 도신의 미세한 틈을 타고 가다, 혈조로 모여 주룩 미끄러졌다.

번쩍—

검은빛이 잠시 요동을 치다가, 서서히 주위와 일체를 이루며 잠겨 들었다. 야명주의 빛을 받은 은은한 묵(墨)빛의 도광이 공간속으로 도신을 숨겨 버린 듯했다.

한인수는 하얀 천을 이한의 손에 감아 주고는, 검은 용의 꿈틀거림이 감겨 있는 도집까지 전했다.

스르릉—

묵광의 도신이 사라지자, 한바탕 꿈을 꾼 기분이었다.

귀향 ― 암월행

[산채 천 냥 천호소 증거 표국.]

정 아저씨, 정운이 남긴 마지막 말이었다.

천호소에서 들은 건지, 웅산채에서 들은 건지는 확실치 않다. 하지만 의미는 대략 짐작을 할 수 있었다.

표국들과 산채의 통행료 거래는 더러 알려져 있다. 하지만 산적을 토벌해야 하는 천호소의 군관이 끼었다면 의미가 달라진다.

어쩐지 몇 번의 토벌에도 웅산채는 무사했다. 근래에 들어 석계촌에 대한 압박만 더 심해졌다.

자구책을 마련할 때가 된 것이다.

광산 때문에 웅산채에 대해 미온적이던 한인수가 나섰다.

젊은 시절부터 안면을 익혀온 낙양의 여러 무파에게 도움을 요청했고, 이제 토벌 시기를 조율하고 있었다.

어둠에 잠겨 있는 웅산채.

산채가 내려다보이는 나무꼭대기에서 이한은 벌써 한참을 움직이지 않고 있었다. 건물들의 위치와 보초들의 움직임까지 눈에 넣었다.

사사삭—

드디어 나무를 타고 내렸다.

지난번 산적들에게서 들은 대두령의 거처는 북쪽의 가장 큰 통나무 집. 하지만 거의 대부분 그 뒤쪽 동굴에 있다고 했다.

초소를 피한 가장 가까운 직선거리를 빠르게 이동한 이한은 동굴 가까이로 접근했다.

"억!"

"뭐… 컥!"

쓰러진 보초들을 입구에 기대놓고 동굴로 들어섰다.

복귀 시기가 다 돼 가는 이한은 혼자서라도 대두령을 없애기로 했다.

전례로 봐서 토벌은 믿을 것이 못 된다. 변수가 많다. 하지만 웅산채에 대두령과 이두령이 모두 없다면, 지금도 망설이는 낙양의 무파들에게 힘이 될 것이다.

대두령은 삼 년 전에 홀연히 나타나, 마황을 이두령으로 밀어내고 산채를 차지했다고 한다. 백혈장까지 익히고 있는 것을 보면 마파나 사파의 고수가 확실했다.

안으로 갈수록 널찍해지는 동굴은 뭔가 이상한 냄새로 가득했다. 이한은 벽에 걸린 횃불을 빼내서 앞을 더 밝혀 보려다 급히 벽에 붙었다.

"그래서 그깟 깡촌 마을 하나 때문에 내가 나서야 한다고?"

화난 음성이 안에서 울려 나왔다.

"…철산자가 만들었답니다. 마을을 뒤져서 철산자가 만든 검 몇 자루라도 발견하면 우린 횡재하는 겁니다."

"백혈장이 곧 경지에 올라선다."

"형님! 우리가 안 움직이면, 그놈들이 먼저 칠 겁니다. 마황 놈과 데려간 애들이 한 놈도 못 돌아왔습니다. 또 쫓기고 싶습니까? 그리고 모자라는 음혈기는 그곳에서…."

"음!"

마주 앉은 자는 대두령을 대신해 산채를 관리한다는 석 선생일 것이다. 대두령을 따라 산채에 온 인물이었다.

"누구냐?"

대두령의 고함에 석 선생이 급히 돌아봤다.

은밀히 움직일 구조가 아니었다. 이한은 넓은 석실로 만들어 놓은 곳으로 들어섰다.

석실 중간에 앉아 있는 두 사람보다, 구석에 모아둔 바짝 마른 시체들에 먼저 눈이 갔다. 십여 구는 되어 보였다.

허! 사람의 정기를 뽑아 내공을 연성하는 마공이 있다더니, 백혈장이 그런가 보다.

"웬 놈인데 여기까지?"

양손에 단검을 잡은 석 선생이 양손을 교차한 채 쇄도해 왔다.

채챙—

이한은 도를 들어 단검을 막자마자, 몸으로 밀고 들어갔다. 교룡수(巧龍手)로 멱살을 잡고 던져 버렸다. 일장이나 날아가 석벽에 거칠게 부딪힌 석 선생은 잠시 비틀 일어서다, 다시 쓰러졌다.

어느새 혈수가 지척에 있었다. 한태서가 정신이 없었다고 하더니, 십여 개로 늘어난 혈수가 정말 어지럽게 이한을 덮쳤다. 잠시 늘어뜨리고 있던 이한의 도가 혈수들의 중심으로 확 그어 올라갔다.

"헉."

대두령이 무심코 물러서던 순간부터, 이한의 도는 틈도 주지 않고 거칠게 베고, 그어 갔다.

선기를 잃은 대두령은 백혈장을 제대로 써 보지도 못하고 속수무책으로 벽까지 밀려 버렸다.

"커억!"

목을 정확히 가르고 지나는 이한의 도! 피를 머금어서인지 도광이 번뜩하다가 다시 어둠에 잠겨 들었다.

벽을 타고 대두령의 몸이 시체들의 더미 위로 풀썩 내려앉았다.

"어… 허헉."

놀란 소리가 들리더니, 역시 늘어져 있던 석 선생이 보이지 않았다. 동굴 입구로 다급한 발소리가 들렸다.

"침입자다. 저놈 막아. 막아!"

핏대를 세우며 악을 쓰는 석 선생을 향해 이한이 다가들고 있었다.

저벅저벅—

천천히 하지만 거침없이 뒤따라가고 있었다.

"아, 안 돼! 공격해. 저, 저놈. 어! 허어억, 컥."

이한을 뒤돌아보다 발이 걸려 넘어진 석 선생의 목을 그대로 밟아 버렸다. 막 몰려들고 있던 산적들은 침을 꿀꺽 삼켰다.

휙—

"헉."

발 앞으로 떨어져 구르는 대두령의 목!

산적들은 급격히 물러나기 바빴다. 그만큼 공포의 존재로 인식시켰으니, 그 충격도 컸다.

"삼 일 내로 산채 비워라!"

구화산자락 초옥의 마당에서 이한은 분주하게 움직이고 있었다.

약재 손질이 끝나자 약탕기에 넣고 불 위에 올려놓았다. 스승인 진 노인의 기력이 예전 같지 않아 보여, 이리저리 어렵게 구한 약재들이었다.

불 세기를 조절하려고 벌건 숯 몇 개를 꺼내 치우다가, 초옥 밖으로 시선을 돌렸다.

산책을 나간 진 노인의 기척에 낯선 이의 걸음이 섞여 있었다.

"인사들 해라. 여기는 내 친우의 제자다. 이번에 한림원 학사로 제수되어 인사차 들렀다는구나."

말끔한 문사복의 청년이 진 노인을 뒤따라왔다.

투명하게 빛나는 맑은 피부와 반짝이는 눈빛을 보면 절대 험하게 살지는 않았을 인상이었다. 전체적으로 곱상한 외모와 세련되고 고급스러운 행동 양식에 약간의 이질감마저 느껴졌다.

"오다가 말씀은 들었습니다. 문인로라 합니다."

목소리까지 아주 청아했다.

진 노인은 이한이 짜낸 탕약을 마시고는, 코끝을 살짝 찡그리다 약사발을 건넸다.

"이제는 가벼운 산책도 피곤하구나. 좀 쉬어야겠다. 젊은이들끼리 이야기도 하고 친해져 보거라."

진 노인의 거처를 감싸고 있는 계곡을 타고 한참을 오르자, 진성현이 훤히 내려다보이는 넓은 평원이 나타났다.

진 노인과 이한이 자주 찾는 소화평(小花平)이었다. 이곳저곳에 어린 싹들이 조금씩 모습을 보이고 있어 제법 보기가 좋았다.

"정창명 감찰님이 보냈습니까?"

"무슨 말씀이신지?"

묵묵히 앞장서 걸어가던 이한이 걸음을 멈추고 천천히 뒤돌아섰다.

덩달아 걸음을 멈춘 문인로를 향해 연운구권의 연환격권이 순식간에 작열했다. 문인로는 전신으로 쇄도하는 권에 순간 멈칫하면서도 당황하는 기색은 없었다.

파박—

이한의 마지막 권이 조금 강도가 있었는지, 움찔하면서도 유연하게 공세를 벗어났다.

"학사가 무공을 익히지 말라는 법은 없지만, 청명수(淸明手)에 유환보(幽幻步)라."

"하아! 어디서 잘못됐나 했더니 이거였군."

옥으로 빚은 것 같은 매끄러운 왼손을 들고 이리저리 돌려보던 문인로는 근처 낮은 바윗돌에 엉덩이를 걸쳤다.

"그 영감탱이 정말 사람 귀찮게 한다니까."

말투가 한순간 우아한 귀공자에서 뒷골목의 삼류 건달로 변해 있었다.

문인로는 시큰둥한 표정으로 입맛을 다시다가, 이한을 발끝부터 머리끝까지 세세히 살폈다.

"험! 험!"

상대가 너무 빤히 쳐다보자 무안해진 이한이 헛기침을 두어 번 했다.

"뭐야? 이놈의 사백 영감탱이가 드디어 죽을 때가 됐나. 뭔 헛짓이래."

혼잣말처럼 웅얼거렸지만 이한이 못 알아들을 정도는 아니었다.

"지금 뭐 하자는 겁니까?"

이한의 말을 아예 무시하더니, 세상 고민을 혼자 다 하는 듯 인상을 잔뜩 구겼다.

"여기까지 힘들게 왔는데, 그냥 가면 영감탱이가 가만있지 않을 거고. 아휴. 에라, 모르겠다."

문인로는 품에서 새로 만든 것처럼 보이는 책자를 꺼내더니, 이한에게 던졌다.

암월신경(暗月身經)?

"흐음. 무찰원의 무공인가?"

이한의 중얼거림을 들었나 보다.

"억…! 무찰원을 알아?"

막 소화평을 내려가려던 문인로가 우뚝 멈춰섰다.

"하아! 사백 영감 진짜. 이봐! 그런 보물도 덥석 안겨 줬는데, 술이나 한잔 사지?"

이것이 그 선물!

이한은 암월신경과 문인로를 번갈아 바라보다가, 정창명이 말했던 선물을 떠올렸다.

"허허. 하여튼 그렇게 역사 속으로 사라졌네."

황실이 무림의 동향을 살피기 위해 만든 정보 조직이었다는 무찰원(武察院)에 대한 얘기였다.

정창명은 마지막 무찰원주인 용무군의 둘째 제자였다.

사형인 사사명은 마교에 침투해 활동했고, 사매인 용연화는 무찰원을 관리했다.

마교와의 전쟁이 극에 이르렀을 때쯤, 대제자 사사명의 배신이 무찰원에 치명타가 입혔다.

은밀한 공습에 무찰원은 큰 혼란에 빠졌고, 급기야 용무군 마저 암살되면서 결국은 해체의 운명을 맞았다. 일부는 동창으로 흡수되고, 일부는 흔적을 남기지 않고 사라져 버렸다.

"별 재미없지? 그냥저냥 사라졌어도, 그 흔적은 여기저기로 남아있어. 그냥 알아두면 도움이 될 것 같아 얘기했네."

정창명은 무찰원 이야기를 하면서도 무덤덤했다. 그만큼 세월이 지나서인지.

"그나저나 요새 맹 내에 자네에 대한 소문이 풍성하다는 것 알고 있나? 정례회의에서 자네 승급 이야기까지 나왔네."

"평무사가 된 지도 얼마 안 되는데 승급이라니요?"

이한은 전혀 기대하지도 않던 말이라 약간 당황했다.

무림맹 정식 무사는 평무사, 백호 무사, 청룡무사, 용호무사, 현급무사로 구분된다.

물론 각 무사별로 세부적인 등급이 존재하지만, 대외적인 복장이나 병기의 수실 등에는 다섯 등급으로 정해진다.

"그래! 자네 나이나 평무사 승급 시기가 논란의 핵심이긴 했어. 하지만 환영창과 이학유 군사가 자네를 적극 밀었네. 공은 공이지 나머지가 뭔 소용이냐고. 특히 군사부에서 이번 원정에 아주 만족해 있네. 원정 당사자들이 그러니 뭐. 그건 그렇고. 자네! 휴가에 고향으로 갈 생각인가?"

"예!"

"그래? 자네의 무사 귀환을 축하하고, 빠른 성장을 바란다는 의미로 선물하나 준비하도록 하지."

정창명은 만족스런 웃음으로 찻잔을 들었다.

"맞아. 어머니가 막내야. 크윽! 역시 술은 이 분주(汾酒)가 찌르르해."

문인로는 젓가락으로 소채를 집어가면서 너스레를 떨었다.

선물이라!

정창명은 자신이 줬어도 될 암월신경을 굳이 문인로를 통해서 보냈다. 한림원 학사에다 사라진 무찰원의 어쩌면 후계자일지 모를 인물을.

아마도 인맥이라는 또 하나의 선물일 것이다.

"무찰원은 본연의 임무를 수행하던 무영대와 무력조직인 무황대가 있었지. 무영대는 암월신경, 무황대에는 일양무경. 특히 암월신경은 무영대 극소수 정예요원들만 익히던 운신법의 정화라… 하더군. 내가 안 익혀 봐서 잘은 몰라."

한량 끼 넘치는 행동 하며 너무 낙천적으로 보이는 가벼운 표정들. 하지만 그 이면에 보이는 깊이를 짐작기 어려운 무언가들.

이십대 후반의 나이에 한림원 학사가 된 것이 특출하지는 않지만, 뛰어난 유생들도 평생을 목표로 삼는 자리다. 게다가 상승의 무공까지 익힌 걸로 봐서는 문무에 천재적인 재능을 가졌다는 건 인정해야 했다.

확실히 비범한 인물임에는 틀림없었다.

암월신경(暗月身經)에 너무 심취했는지, 시간 가는 줄 모르다가 마당을 나왔다.

달빛이 아주 밝았다. 이한은 새삼 달을 올려다보았다.

딱히 경공이라고 단정 짓기에는 뭣한, 그냥 운신법이라 해야 할 것 같은 암월행(暗月行)이 암월신경의 핵심이었다. 나머지도 암월행을 익히기 위한 부수적인 것들이라.

[어둠에 동화하는 동작에 잡스러움이 없어야 입문을 했다 할 것이며, 어느 순간에도 공간과 함께해야 경지에 들어섰다 할 것이다.]

첫머리에 있는 이 구절.

뜬구름 잡는 소리지만, 그게 가능하다면 대단한 운신법이 맞다.

호위무사

선선한 바람이 기분 좋게 온몸을 스쳐 갔다.

어둠 속에 가부좌를 틀고 앉아 주변의 변화에 귀를 기울였다.

가볍게 스치는 나뭇가지와 잎사귀들, 돌돌거리며 구르는 물소리에 한가하게 마음이 가라앉았다.

한순간 주변과 자연스럽게 녹아들더니, 본래 그 자리에 있던 사물인 양 편안해 보였다.

희뿌옇게 날이 밝아오는 새벽이 되어서야 이한은 몸을 일으켰다.

조용히 도를 움직여 갔다.

어딘가는 지루할 정도로 느리게, 어딘가는 정신이 없을 정도로 현란하게, 어딘가는 도의 행방을 잃어버릴 정도로 빠르게.

어느새 아침 햇살이 도신에 부딪히며 사방으로 흩어졌다.

땀으로 흠뻑 적신 몸이 움직임을 멈추고 조용한 정적 속에 빠져들었다. 도를 자연스럽게 내려 잡은 채 눈을 감았다.

머릿속에서 여러 무리가 빠르게 흘러가며 섞여 갔다. 하지만 무언가 잡힐 듯 있기는 한데, 막상 그 실체는 모습을 보이지 않았다.

"우후…."

긴 한숨과 함께 눈을 떴다. 무언가 아쉬움이 가득한 눈빛이었다.

맹으로 복귀 이후 한동안은 바빴다.

청해 원정의 공로로 평무사에서 백호 무사로 진급도 했다. 남들은 무림맹 역사에도 흔치 않은 빠른 진급이라고 축하를 해 줬지만, 이한은 요즘 편치 않았다.

수련을 해도 뭔가 시원한 느낌이 없었다. 이런 날이 쌓이면서 초조함이 생겼다. 특히 잠을 못 자다 보니, 걷는 것이 마치 허공을 밟는 듯 불안정했다.

밤늦도록 공손추의 천단공 강론을 듣다가 돌아온 오늘도, 아침까지 산채 근처를 배회하다 밤을 지새웠다.

숙소로 돌아가는 길에 조장 정철구와 마주쳤다.

"여기 있는 줄 모르고, 한참 찾았잖아!"

"저를요? 뭔 일이라도."

"일은 무슨. 식구들이 하도 걱정을 하는 통에… 휴가 갔다 오면 한동안은 일손이 잘 안 잡히는 게 당연한데, 어르신도 참. 원체 까탈스러운 분이라."

"무슨 말씀을…."

정철구는 갑자기 이한의 말을 끊으며 손을 저었다.

"한 이틀 정도 쉬면서 마음도 다잡고 해. 내가 어르신께는 잘 말씀드려 놓겠네. 맹의 일로 심부름 보냈다고 하면 되지 뭐."

"그런 게 아닌데…."

"이 사람아, 어른 말 들어! 다 경험에서 나오는 거야. 이럴 때는 만사 잊고 친구 만나서 한 잔하고 하면 풀리고 그래."

오해를 할 정도로, 이한의 상태가 많이 좋지 않았나 보다.

하여튼 억지로 등을 떠미는 통에 맹으로 내려왔다.

하지만 분주하게 움직이는 맹원들의 틈바구니에서 어정쩡하게 서 있다가, 다시 원로원으로 발길을 돌렸다.

"후하… 보기보단 높구나!"

무림맹이 위치한 대별산에서 가장 높은 봉우리인 나란

봉의 정상은 크고 둥그런 두 개의 거대한 바위가 겹쳐져 있었다.

겹겹이 쌓여 있는 대별산 자락들이 한눈에 들어왔다. 산의 형상을 따라 구불구불한 골들이 사방으로 펴져 있었다.

숙소로 다시 돌아가기에는 조원들 보기에도 민망스러울 것 같아, 하룻밤 노숙을 각오하고 나란봉을 올랐다. 확 트인 시야와 산 정상 특유의 청량함에 오기를 잘했다는 생각이 들었다.

오랜만에 머리를 비우고 널찍한 바위에 누워 있다 보니, 깜박 잠이 들었나 보다. 차가운 한기에 퍼뜩 잠에서 깨어났다.

어느새 주위는 어둑어둑해져 있었고, 차가운 빗방울이 바위를 때리면서 다다닥거리는 소리로 소란스러웠다.

'허! 되는 일이 없군.'

어차피 맞은 비라고 편하게 생각하기로 했지만, 피할 곳은 찾아야 했다.

번쩍—

주위를 두리번거리다가, 대별산을 감싼 공간을 찢어버릴 듯이 가르는 한 줄기 낙뢰에 깜짝 놀랐다.

왠지 가슴이 시원해지며 온몸에 전율이 느껴졌다. 잠시 후 산정을 뒤흔들며 퍼져 나간 굉음의 천둥소리를 듣지도 못했을 정도였다.

"아!"

첫 번째 낙뢰와는 달리 두 번째는 생성부터 소멸까지 두 눈에 각인이 된 듯, 잔상이 한참을 지나도 없어지지 않았다. 온 밤을 수차례 계속되는 낙뢰에 혼을 뺏긴 채, 꿈꾸듯이 보냈다.

툭툭—

빗방울을 머금은 이파리들이 무게를 못 이겨 스르륵 자신에게 기댄 물방울을 밀어냈다.

이한은 한껏 젖은 몸에도 가벼워지는 몸과 마음에 더해, 가슴까지 흥분으로 두근거렸다.

간밤에 요란스러웠던 비는 언제 왔냐는 듯이 자취를 감추고, 불그스름한 옅은 구름 너머로 아침 해가 모습을 드러냈다.

이한은 계속 중얼거렸다.

"조화야, 조화! 기를 일치시키고, 도를 일치시키고, 몸을 일치시키고, 주변을 일치시키고. 모든 것을 일치시키려고 했어. 해야 할 것이 다르고 가야 할 방향이 다르잖아. 다름을 인정해야, 서로가 최선의 결과를 만들 수 있어. 각각의 최선이 만들어 내는 어울림. 그게 조화. 그게 바로 나란 말이야."

심장이 터져나갈 정도로 소리를 지르고 나자, 희열이 머리를 관통해 갔다. 가만히 있기가 힘들었다. 바닥에 처박히기도 여러 번, 넘어지고 구르기도 여러 번. 미친 사람처럼 날뛰었다.

나란봉 정상이 때아니게 부서진 바위와 부러진 나무들로 어지러웠다.

공손추는 여기저기 긁히고 부딪친 상처가 가득한 채로 나타난 이한을 보고 혀를 끌끌 차며 고개를 저었다.

"무인이라는 놈이 몸 건사하는 꼴 하고는. 귀찮더라도 꼬박꼬박 발라. 그게 어디 사람 꼴이냐?"

그래도 약 상자에서 주섬주섬 몇 가지를 챙기더니 건네주었다.

돌아서는 이한의 등으로 공손추의 목소리가 날아들었다.

"그래서 길은 보이더냐?"

"조금요."

"그럼 됐다. 상처 나을 때까지 며칠 쉬어라."

막 방으로 들어서려던 공손추는 절뚝거리며 힘겹게 내려가고 있는 이한을 돌아보았다.

"아무도 도울 수 없는 일이다. 쉽게 얻으면 쉽게 무너진다. 혼자서 뚫어야 하는 벽이야."

이한은 나란봉을 다녀온 이후, 한결 여유가 있는 모습이었다.

정신적인 성장과 함께 겉모습에서도 탄탄한 체구와 함께 행동 하나하나에 나이답지 않은 진중함이 보였다.

허리에 걸어 맨 무게감 있어 보이는 도, 무운이 딱 제격으로 어울렸다.

이한의 변화만큼 무림맹도 새 시대를 맞고 있었다.

장천 예진광의 퇴진과 더불어 새로운 맹주로 추대된 소림장문 정각의 사숙인 혜공맹주의 취임식이 약식으로 거행되었고, 그동안 물밑작업으로 진행되어 온 맹의 체계개편 사항들이 맹주와 평의회의 추인을 받으면서 본격적인 인사이동이 시작되었다.

이 와중에도 원로원은 큰 변화가 없었지만, 기존의 조직이 없어지고, 새로운 조직이 생기고 하다 보니 덩달아 이한도 살펴야 할 일이 많았다.

맹으로 원로원으로 바쁘게 뛰어다니던 이한이 인사를 하고 지나가자, 조장 정철구가 고개를 갸웃했다.

"어! 재가 원래 잘생겼던 얼굴이었나? 어찌 딴 사람 같네."

이한이 사라진 방향을 바라보다가 정신을 차렸다.

"이런! 정신머리하고는."

자신의 머리를 쥐어박고는 황급히 이한이 사라진 방향으로 뛰어갔다.

이한과 공손추는 정철구가 준 전출명령서를 펴 놓고 마주 앉았다.

맹주부 직속인 호천대(護天隊)와 별도로 맹의 전반적인 호위와 경호를 책임지는 신설조직인 호위총단(護衛總團)으로 발령이 났다.

감찰대의 정창명이 이번 조직 개편에서 호위총단을 맡았다. 단주 아래 세 명의 대주와 특급호위조, 일급호위조, 이급호위조를 둔다고 했다.

"왜, 이급호위라서 불만이냐?"

"아닙니다. 호위에 대해서 잘 모르는데, 잘할지 걱정이 돼서요."

"누구는 뱃속부터 배워 나오나? 하다 보면 다 되겠지. 좋게 생각해. 호위 임무 외에는 자유시간도 많아서 너에게는 딱 맞아."

공손추의 무모한 말에 쓴 웃음이 나왔지만, 맞는 말이기도 했다.

"너에게는 제대로 된 첫 직책이나 마찬가지다. 맹으로

내려가면 새로운 인재들이 많이 들어와 있을 게다. 그들의 겉치레에 미리 겁먹을 필요는 없다. 같은 무림맹 무사일 뿐이라고 생각해. 너의 포부는 좁은 무림맹이 아니라, 더 넓은 세상이라는 걸 잊지 말고."

예상보다는 순조로웠다.

초면이 많아 의례 그렇듯 보이지 않는 기 싸움이 조금 있었지만, 처음이라 다들 조심하는 분위기였다.

이급호위대 사조에 배속된 이한은 단에서 제공한 〈호위총람〉이라는 두꺼운 책을 들고 침상에 있었다.

호위총람은 호위의 규칙과 방법을 상세히 서술해 놓은 기본 설명서였다.

숙소에서 조금 떨어진 본단 건물에는 단원들을 위해 수백 권의 호위와 경호 관련 무공서가 비치되어 있어, 누구라도 열람과 대여가 가능했다.

상승 절기는 아니어도 나름 근본이 있는 것들이었다. 이한 같은 초보자에게는 사막에서 맞는 단비와 같았다.

"어, 피곤하다."

막 숙소로 들어오던 기동호는 이한과 호위총람을 번갈아 보다가 혀를 끌끌 찼다.

"아직도…! 벌써 며칠 째야? 그 책 다 헤지겠네, 이 사람아."

"하하. 뭐 별 할 일도 없고 해서요."

이한은 변명 아닌 변명을 하고 다시 책으로 눈길이 향했다.

기동호가 한마디를 더 하려고 하는데, 문이 벌컥 열리면서 또 한 명의 동료인 장하선이 급하게 뛰어 들어왔다.

"자네들 소식 들었나?"

숨도 돌리지 않은 채, 소리치는 통에 이한도 고개를 들었다.

"검후님이 드디어 보타산을 출발해서 맹으로 향했다네."

"나 참. 검후? 이 호위 같은 젊은 친구들이나 혹하지. 우리야 높으신 분 행차라면 귀찮기만 하잖아."

기동호의 시큰둥한 반응에 장하선은 기대에 찬 표정으로 이한을 건너다보았다.

과연 기대를 저버리지 않았다.

"검후가 왜요?"

장하선은 득의의 미소를 지으며 이한의 침상으로 바싹 다가앉았다.

"아, 글쎄. 총관부에서 이번 비무 대회 참관인으로 초청한 모양이야."

"아하! 그래요? 헌데, 검후님은 연륜도 있으신데 왜 젊은 친구들이나…?"

"어이구. 소문과는 담을 쌓고 사는, 우리 이 호위님을 어찌할 거나."

기동호는 탄식을 하며 연무장에 갈 모양인지 검을 들고 방을 나갔다.

"아아, 저 친구 말은 무시하게. 내 자세히 설명해 주겠네."

장하선은 신이나 더욱 바싹 다가앉았다.

검후는 이백여 년 전 무림 현자로 칭해졌던 통천자가 해천불국이라 불리던 보타산을 여행하다 만난 여검수에게 붙여 준 별호였다. 그녀는 후일 파죽지세의 비무행으로 온 무림을 열광시켰고, 대를 이어 뛰어난 계승자가 나오면서 검후란 이름도 굳어졌다.

"당대 검후님이야 워낙 유명하신 분이니 그렇다 치고, 근자에는 제자인 백이연 소저 때문에 인근에 후기지수들로 인산인해를 이룬다고 하네."

"그렇게 뛰어나요?"

"검이야 당연한 것 아니겠는가? 그것보다는 엄청나게… 예쁘다는 거지."

이한은 이해가 간다는 듯이 고개를 한번 끄덕여 주고, 호위총람으로 시선을 돌리려 했다. 하지만 장하선은 집요했다.

"벌써 일급호위대 한 개조가 검후님을 모시러 항주로 출발했다는 것 알고 있나?"

"어! 언제요?"

"우리 일이 형식적으로는 기밀 아닌가? 당사자들 외에는 알려주지 않지만, 내가 누군가? 무림맹의 삼족 선생이지."

사실 장하선의 별명은 삼족(三足)이었다.

누가 지었는지 모르지만 워낙 빨빨거리고 돌아다니기 좋아하고, 남이 모르는 소소한 일을 캐내는데 희열을 느끼는 인물이어서 비아냥조로 지었는데, 의외로 본인은 마음에 들어 했다.

"그럼 우리도 곧 출동해야겠네요?"

요즘 이한의 최고 관심사였다.

"그렇다고 봐야지. 이번 비무 대회가 맹원의 단합이 우선 목적이지만, 맹주의 취임 축하에도 비중을 두고 있네. 많이는 아니어도 초청 인사가 여럿 될 모양이야. 헌데, 자네. 백 소저에게는 관심이 없나?"

"제가 관심을 가져야 하는 겁니까? 평생 가야 얼굴 한두 번 마주칠까 말까 할 건데."

"하긴. 그래도…."

장하선은 백이연에 대해 길게 얘기하지 못하는 것을 아쉬워하며, 이한의 눈치를 살폈다.

"그것보다, 우리 조는 어디로 갈까요?"

"그건… 모르지."

호위행

이한의 첫 호위는 황도에 있는 북경지부였다.

"만박수사 담온, 군사 주호영, 재선당주 여어선. 호위 우선순위다. 호위대상을 잃는 것은 호위무사의 수치다. 내 휘하에는 그런 놈이 나오지 않기를 바란다. 이상."

이급호위조를 관리하는 삼대주 석청의 당부를 끝으로 드디어 무림맹을 나섰다.

목적지가 황도라 관도를 지나는 지루한 여정의 끝에 북경지부에 도착하니, 저녁때가 되었다.

"다들 수고했다. 지금부터는 지부에서 경호를 맡을 테니까, 간단히 요기하고 오늘 밤은 푹 쉬어라."

조장인 정우한은 간단히 주의사항을 말하고 가려다가, 갑자기 뒤돌아섰다.

"이건 부탁인데, 제발 사고만 치지 마라. 여긴 황도라 골치 아파."

조장이 자리를 뜨자 왁자지껄 해졌다.

"며칠간 먼지만 마셨더니 목이 다 아프네."

"자자! 간단히 한잔할 사람은 여기 모여 봐."

몇몇은 피곤하다고 쉬러 가버리고, 일부만 지부를 나섰다.

장하선이 중앙대로에 있는 연풍주루는 꼭 들러봐야 한다고 우기는 바람에 긴가민가하던 이한도 일행에 끼었다.

연풍주루는 예상만큼 화려하지는 않았다.

깨끗하고 소박하게 단장되어 있었지만, 일반적으로 흔한 이 층 주루였다.

하지만 이곳의 특주라는 죽엽선주와 요리들을 맛보면서 약간의 실망은 눈 녹듯이 사라졌다.

"바삭하고 부드러운 것이 입맛에 딱 맞네요."

오리구이를 먹으면서 식탐이 별로 없는 이한마저 칭찬을 했다.

"그 봐! 이 집 유명한 곳이라니깐."

죽엽선주를 홀짝이며 맛을 음미하던 장하선이 활짝 웃었다.

정신없이 먹고 마셔대던 일행은 어느 정도 배가 차자,

주위도 둘러보며 가볍게 한담을 하는 여유를 되찾았다.

열려있는 이 층 창으로 내려다보이는 중앙대로의 정경도 볼만했다.

밤에도 화려한 복색의 사람들이 북적였고, 점포마다 내건 형형색색의 유등이 저마다의 빛으로 지나는 이를 유혹하고 있었다.

“어때? 볼만하지?”

이곳 출신인 이우평이었다. 지부의 하급 무사로 입맹해서 오 년 만에 호위총단의 호위가 됐으니, 나름 성공했다고 평가받고 있는 인물이었다.

“예! 이렇게 화려한 거리는 처음입니다.”

“그래! 화려하지. 하지만 그만큼 그림자도 짙은 곳이야. 이곳에서 태어나 자랐지만, 왠지 정이 가지는 않아. 없는 사람들에겐 정말 살기 힘든 곳도 여기거든.”

이우평은 죽엽선주가 담긴 잔을 한 번에 마시고는 이한과 자신의 빈 잔을 채웠다. 술잔을 입으로 가져가려던 이한은 갑자기 잔을 놓고 자리에서 벌떡 일어났다.

“어! 문… 형님?”

급히 몸을 기울여 창밖을 내려다보자, 일행의 시선이 이한에게 모아졌다.

“이 호위! 무슨 일인가?”

이한은 자신을 주시하는 시선들에 일순 당황했다.

"아! 죄송합니다. 아는 사람을 본 것 같아서. 잘못 본 모양입니다."

"밤인 데다 사람들이 많아서 착각하기 쉬워. 우리 이 호위가 첫 출행에 긴장했던 모양이군. 이럴 땐 한 잔 쭉 하고, 푹 쉬는 게 좋아. 자자! 마셔."

이한도 자신이 착각했을 거란 생각이 들었지만, 어딘가 불편한 모습으로 인파를 헤치고 가던 문인로의 뒷모습이 지워지지 않았다.

"저 먼저 일어나겠습니다. 아무래도 확인 좀 해 봐야겠습니다."

"어어! 이 호위!"

동료들이 자신을 부르는 소리를 뒤로하고, 뛰다시피 연풍주루를 나섰다.

문인로가 사라진 방향으로 무작정 가다가, 지나가는 행인에게 여러 번 물어서야 남문인 영정문(永定門)을 나설 수 있었다.

기감의 폭을 넓혀가며 흔적을 찾으려 했지만, 쉽지 않았다. 한동안 희미한 달빛을 의지해 어둠을 헤매다 결국 포기하고 다시 돌아가기로 했다.

긴가민가한 상황의 연속이어서 온 정신을 집중하다 보니 급격히 피로해졌고, 자신이 본 사람이 정확히 문인로인가 하는 확신도 점점 옅어졌다.

왔던 길을 되짚어가다 보니 멀리 성문 불빛이 희미하게 보였다. 안도감이 밀려왔다.

"나도 참! 이게 뭔 생고생인지."

긴장을 풀려는데, 까강 하는 희미한 소리가 연거푸 들렸다.

'청명수?'

쇠와 쇠가 부딪치는 소리와 다르게 청명수의 반탄지기는 이름 그대로 맑고 청명해서 확실히 구분되었다.

성문 동쪽 숲이었다.

이한은 쏘아 놓은 화살처럼 빠르게 나아갔다.

숲속은 달빛이 잘 스며들지 않아 더 어두웠다.

무성한 나무들 사이를 유연하게 헤치며, 검은 복면과 야행복의 살수들이 문인로를 향해 접근했다.

가늘고 짧은 기형검이 청명수에 튕겨 나가자, 또 다른 기형검이 찔러 왔다.

일체의 비명이나 기합 소리도 없는 살벌한 분위기였다.

문인로는 문사복이 찢어진 것은 고사하고, 이미 여러 곳이 붉게 물들어 있었다. 머리에 쓰고 있던 건(巾)도 보이지도 않았다.

"흡!"

암습에 의한 부상에다, 집요한 추적에 내상마저 깊어 보였다.

양쪽에서 동시에 다가오는 기형검을 보면서 급히 유환보를 밟아 갔지만, 몸이 마음대로 움직이지 않았다. 겨우 한 쪽의 검을 막아 내고는, 중심을 잃고 바닥을 굴렀다.

기회를 잡은 세 명의 살수가 동시에 검을 찔러 왔다.

"문 형님!"

멀리서 들리는 환청과 번뜩이는 검광이 교차되면서 문인로는 정신을 잃었다.

스각—

이한은 내달리던 탄력을 그대로 살려, 횡으로 도를 연달아 그었다. 도에 뭔가 걸리는 느낌을 확인할 사이도 없이 내려섰다. 바로 뒤쪽의 살수를 회선각으로 휘돌아 찼다.

이한의 각에 머리를 맞은 살수의 몸이 나무 밑동으로 날아가 처박혔다. 몇 번 꿈틀거리다 잠잠해졌다. 그제야 목을 부여잡고 엉거주춤 서 있던 세 명의 살수가 서서히 뒤로 넘어갔다.

갑작스런 상황에 순간 정적이 흐르는 소강상태가 되었다. 이런 대치는 좋지 않다. 문인로의 상태가 심각해 보였다.

결국 이한이 먼저 움직였다.

몸을 돌리며 허점을 드러내자 곧바로 비도들이 날아들었다. 비도를 따라 두 명의 살수가 좌우로 쏘아져 왔다.

'이런!'

은밀히 접근한 한 놈을 놓쳤다.

이한은 쏘아 오는 살수들을 피해, 급히 물러나며 발을 들어 진각을 밟았다. 텅 하는 소리와 함께, 땅속에서 검은 인영이 솟구쳐 오르며 문인로를 노렸다.

급한 대로, 쏘아 오던 비도를 그쪽으로 쳐냈다.

채쟁—

문인로에 거의 근접했던 살수도 비도를 쳐내며 급히 물러났다.

이한은 물러난 살수를 유심히 살폈다. 살수들의 우두머리인지 왼팔에 세 개의 흰색 줄이 있었다.

"…네놈 누구냐?"

"지금 상황에서 그게 중요한가?"

잠시 침묵하던 살수가 움직였다 싶더니, 퍽 소리와 함께 시야를 가리는 흰 연기가 확 퍼져나갔다.

이한은 문인로를 끌어당겨 위치를 바꾸고, 기감을 퍼뜨렸다.

한줄기 검기가 쏘아 오다가 여러 개로 갈라졌다.

'사혼사령?'

기련산에서 본 사령사혼의 검기와 상당히 유사했다.

이한은 조용히 도를 늘어뜨렸다가 순간 일직선으로 쭉 뻗었다. 문인로를 보니 여유가 없었다. 기감에 걸리는 약한 흔적을 믿고 모험을 했다.

옅어지는 연기 사이로 살수의 부릅뜬 눈이 이한을 보고 있었다. 목을 정확히 꿰뚫은 도를 뽑아 가볍게 흔들자, 도신의 혈조를 타고 핏방울이 굴렀다.

우두머리를 잃어서인지, 살수들은 일단 물러난 것 같았다. 주위가 조용했다.

문인로는 응급처치를 받고 한참 후에 깨어났다.

건네주는 내상 약을 먹고 운기를 하고서도 여전히 파리한 안색이었다.

이한의 이야기를 듣고 잠시 망설이더니 입을 뗐다.

"너를 우리 일에 관여케 하는 것이 위험하다는 건 알지만, 사정이 급박하니 어쩔 수 없다. 미안하지만 좀 도와줘야겠다."

"미안은 무슨요. 하지만 뭔 일인지 알아야 돕기라도 하죠."

"지금은 시간이 없으니, 자세한 사정은 차차 알려 주도록 하마."

이한은 서두르는 문인로를 부축해 숲을 벗어났다.

두 사람은 이른 새벽이 되어서야 관제묘에 도착했다.

조심스럽게 주위를 살피며 산문전을 통과해 내부로 들어섰다.

"아무도 없는데요."

문인로는 가라앉은 표정으로 숭성전으로 들어가 관우상이 있는 단상으로 다가갔다. 단상 오른쪽 아래에 몇 개의 그림이 장난처럼 그려져 있었다.

"헉! 안가까지 노출됐다. 푸읍."

급히 몸을 돌리던 문인로는 입으로 피를 토해내고 주저앉았다.

"형님!"

이한은 몇 군데 혈을 찍고 자극하더니 내상 약을 꺼냈다.

"급한 대로 하나 더 먹어 봅시다. 그러게 빨리 의원에 갔어야 하는데."

문인로는 손을 저으며 이한의 말을 막더니 내상 약을 입으로 가져갔다.

그 모습을 보며 한숨을 쉬던 이한은 급히 바깥으로 고개를 돌렸다.

겉옷을 벗어 들고 문인로에게 다가갔다.

문인로에게 조용히 하라는 신호를 하고, 들쳐 업었다. 옷으로 두 사람의 몸을 꽁꽁 묶고는 천천히 도를 뽑았다.

[아까 살수들과 같은 부류들입니다. 우리 흔적을 따라온 것 같습니다. 서른 명쯤? 한 방향으로 뚫을 겁니다. 어느 쪽으로 갈까요?]

이한의 전음에 문인로는 관제묘의 서쪽을 가리켰다.

[꽉 잡고 정신만 잃지 마십시오. 나머지는 알아서 할 테니까.]

천천히 문으로 다가가더니 심호흡을 했다.

갑자기 튕기듯이 나가는 통에 문인로의 몸이 들썩였다.

이한의 도가 어둠을 유영하며 지나가자, 문 옆에 은신했던 살수의 시체가 바닥을 뒹굴었다.

날아오는 비도를 피해 서쪽 담벼락에 도착하자마자, 담에 거칠게 도를 박아 넣고 그었다. 까르륵거리는 소리와 함께 피가 딸려 왔다.

한 번의 도약으로 담에 올라선 이한은 거침없이 질주했다.

뒤에서 산새 소리 같은 신호가 여기저기로 퍼졌다.

한 시진을 넘게 정신없이 달렸다.

아까부터 훤해진 까닭에 밤보다 훨씬 나았지만, 문인로를 업고 신법을 전개하는 것부터 보통 일이 아니었다. 심장이 터질 것 같았다.

"헉, 헉. 여기서 좀 쉽시다."

대답이 없었다. 이한은 걸음을 멈추고 문인로를 내려놓았다.

역시 완전히 정신을 잃지는 않았지만, 거의 의식을 못 차리고 있었다. 갑자기 막막해진 이한은 주위를 둘러보았다.

작은 시내가 흐르고, 낮은 잡목이 군데군데 있는 경사지였다. 마땅히 숨을 곳도 없었다.

'어쩔 수 없다.'

도주를 포기한 이한은 문인로에게 물을 떠서 먹이고, 전신의 혈을 두들겨 주었다.

약간 정신을 차린 문인로는 힘겹게 주위를 둘러보다가 품에서 신호탄을 꺼내 주었다.

붉은색 연기를 피워 내며 하늘로 날아 올라가던 불꽃이 폭죽처럼 터졌다.

이제는 시간 싸움이었다. 적과 아군 중에 어느 쪽이 가까이에 있을까? 굳이 여기까지 와서 신호탄을 쏘아 올린 이유가 있을 거라고 믿고 싶었다.

"이것들이 정말."

이한은 자신이 왔던 곳을 바라보았다. 잠시 머뭇거린 사이에 어느새 포위되어 있었다.

검은 복면의 살수가 다가왔다. 왼쪽 팔에 다섯 개의 흰 줄이 있었다.

"네가 누군지 모르겠지만, 점주만 넘겨 주면 목숨은 붙여 주겠다."

"점주?"

이한은 문인로를 힐끔 넘겨보다가 도를 뽑았다.

"어리석은 놈. 죽음을 자초하다니."

그 말을 신호로 사방에서 살수들의 기형검이 날아왔다.

'그래! 네 마음대로 가 봐라.'

이한은 살아 있는 심장처럼 팔딱이는 도신을 부드럽게 쓰다듬다가 벼락같이 떨쳐 냈다.

폭발적인 도기가 쭉 뻗어 나갔다가 호선을 그리며 갈라졌다.

사방으로 살수들이 튕겨져 나갔다.

일도에 둘이나 절명하자, 다섯 개 흰 줄의 우두머리가 사기가 가득한 검으로 벼락같이 내리쳐 왔다.

카깡 하는 소리와 함께 서로 주르륵 밀려났다.

"흐음."

검을 치켜들고, 이한을 직시하던 우두머리는 눈빛이 심

각해졌다.

신중한 하단 검의 자세에서 여러 번 몸을 회전하며 다가오더니 탄력을 실은 채, 아래에서 위로 검기를 솟구쳐 올렸다.

검과 도가 부딪치며 나는 소리가 여러 번 요란하게 울리다가 갑자기 양쪽으로 확 갈라졌다.

비틀 한 걸음 더 물러나서 중심을 잡은 우두머리의 복면이 턱에서 위로 갈라져 있었다.

복면 사이로 잿빛 수염이 보였다 사라졌다.

한 손으로 복면을 잡은 우두머리는 이한을 노려보았다.

"하아…."

심호흡도 가쁜 숨을 멎게 할 수 없었다. 이한은 제멋대로 떨리는 몸을 진정시키려 애쓰며, 도를 천천히 내려 잡았다.

잠시 물러났던 살수들이 슬금슬금 다시 다가오고 있었다.

굳건하게 버티고 선 이한을 잠시 더 노려보던 우두머리는 검을 쥔 손에서 힘을 풀었다.

"으득… 물러난다."

주위의 살수들이 일사불란하게 뒷걸음질을 치며 사라져 갔다.

"휴."

잠시 주위 동정을 살피던 이한은 드러누워 버렸다.

밤새 있었던 도주와 격전의 긴장이 사라지자 탈진 상태가 되어 버렸다. 손가락 하나 까딱할 힘이 없었다.

올려다보이는 하늘은 평화로웠고, 구름 사이로 비치는 햇살이 너무 좋았다. 온몸을 나른하게 덥히더니, 급기야 잠의 유혹이 조용히 찾아왔다.

"끙."

문인로를 떠올린 이한은 말을 듣지 않는 몸을 억지로 일으켰다.

"좀 더 누워 있어요."

"헉!"

머리털이 쭈뼛하고 설 정도로 놀랐다.

은색 면구로 얼굴의 반을 가린 여자의 얼굴이 보였다. 이한은 천단공을 수련한 이후로 자기의 기감을 속이고 이렇게 가까이 다가온 인물이 있었나 싶었다.

새삼 상대를 자세히 바라보았다.

"적은 아니니까 안심하세요. 이가소라고 해요."

면구가 얼굴의 일부를 가리고 있어 표정을 다 읽을 수는 없어도, 웃고 있는 것은 확실했다.

늘씬한 몸매를 감싸고 있는 은색의 무복과 은색면구, 고색창연한 검을 들고 있는 자태가 일순 사람을 취하게 만들었다.

"이한입니다."

여전히 미심쩍어하면서 일어서는 이한을 향해 이가소는 작은 단환을 건넸다.

"기력환이에요. 드시고 좀 쉬세요."

어느새 데려갔는지, 문인로를 치료하기 위해 몇몇이 살펴보고 있었다.

다행히 우군인 건 확실해 보였다. 문인로에게 한림원 학사라는 것 외에 복잡한 사연이 있겠거니 하면서, 결국 다시 드러누워 버렸다.

"아직 어린 현 황상은 사실 영민하지가 않다. 모후인 명정태후가 섭정을 하고 있지만, 황권이 튼튼할 수가 없지."

은면대라는 은색면구의 인물들을 따라간 조용한 장원. 문인로는 저녁이 돼서야 깨어났다. 그제야 이한은 사정을 들을 수 있었다.

현 황제의 이복형들이 다섯. 각자의 세력이 만만치 않을 뿐더러, 황실 종친들도 은근히 이들을 비호하고 있었다.

선황의 붕어 후, 궁을 나와 각자의 영지에 왕부를 세우고 한동안 조용히 지냈다. 하지만 최근 들어 군부와 무림세력을 접촉하고 있다는 첩보가 끊임없이 올라오고 있다고 한다.

오늘 만난 살수들은 이왕부로 불리는 한서왕부의 세력이었다.

어쩌면 선황이 태후를 너무 사랑해서 막내를 태자로 책봉한 순간부터 예견된 일이었다.

다행히 태후가 앞뒤 모르는 여인은 아니어서 내각과 군부, 동창이 표면적으로는 황제를 지지하고 있었다.

"내가 속한 청림(青林)은 군부와 동창에 비해 무력이 약한 내각이, 스스로를 보호하려 만든 비밀조직이다."

청림은 림주와 세 명의 점주가 있었다.

문인로가 우점주(右點主)고, 이가소가 우점주 직속의 은면대를 맡고 있었다. 대신들의 경호와 호위를 맡는 금면대, 순수 무력조직인 철면대에 비해, 우점주 휘하의 은면대는 거의 정보조직에 가까웠다.

"우리는 전부터 왕부들을 감시하고 있었는데, 얼마 전 한서왕부가 대신들에게 손을 뻗치고 있다는 제보가 있었다. 마침 침투해 있던 요원으로부터 연판장에 서명한 대신들의 명단을 입수했다는 연락을 받고, 어젯밤에 안가에서 만나기로 했다. 하지만 내가 한림원을 퇴청하는 순간 암습을 받은 거다."

이한의 표정은 심각해졌다.

"형님의 신분이 진작 노출됐다는 건데. 그리고 그 요원은…."

“어젯밤 접선 장소인 안가가 잿더미가 됐다. 다행인지 우리 요원이 먼저 알고 잠적한 상태이고, 비상시 연락장소인 관제묘에 왔었던 걸로 봐서는 살아는 있다.”

“형님은 앞으로 위험하지 않겠습니까?”

“언제는 안 위험했겠나? 어차피 그쪽이나 이쪽이나 저쪽이나 수뇌부들의 인적사항은 진즉에 서로 파악하고 있다. 서로 모른 척하고 있을 뿐이지.”

이한은 궁금한 것이 더 있었지만 질문을 포기했다.

“제가 꼭 알 필요 없는 일이네요. 가는 길도 다르고.”

문인로는 흐릿하게 웃으며 침상 옆의 줄을 당겼다.

이가소가 들어와 이한의 옆에 앉았다. 달달한 느낌의 용연향이 은은하게 코를 자극했다. 일반인들은 꿈도 꾸지 못할 굉장히 비싼 고급 향낭을 사용하나 보다.

“이왕 일이 이렇게 됐으니, 한 가지만 도와다오.”

“형님! 그러고 싶지만 저도 복귀해야 합니다. 저 때문에 다들 걱정하고 있을 겁니다.”

“이 호위께 누가 되지 않도록 잘 조치해 놓을게요. 사정이 급해서 그래요.”

이가소가 자신을 진지하게 쳐다보며 말하자, 더 이상 황실 일에 관여하기 싫었던 이한도 엉거주춤할 수밖에 없었다.

“우리 안가가 노출되고, 내가 공공연한 암습을 받았다. 청림 내부에 문제가 있다는 말이지. 비선을 찾기 전에는 아무도 움직일 수 없다. 그동안이 문제인데, 동창이 이 일을 알아내기 전에 잠적한 요원을 찾아내야 해. 대신들의 명단이 동창 손에 들어가면 내각은 쑥대밭이 된다.”

“그 요원이 먼저 연락을 해 오지 않겠습니까?”

“할 수 있었으면 벌써 여러 번 왔어야 해요. 확실히 신상에 문제가 생겼어요.”

이가소의 거의 확신에 찬 목소리였다.

“은면대가 동창의 눈길을 다른 곳으로 돌려 시간을 벌 동안, 네가 이대주의 호위를 좀 해 다오.”

그 완곡한 부탁에 거절하기는 어려웠다.

고관귀족들의 주거지를 지나 잠시 가다 보니, 성의 외곽지에 작은 장원들이 모여 있는 한적한 거리가 나왔다.

이한과 면사를 쓴 이가소는 하나의 장원으로 들어갔다.

장원 입구 좌우에 세워진 서책 모양의 문돈을 보아 하급 문신의 집으로 위장한 은면대의 안가였다.

장원의 안은 소박하고 아기자기한 겉모습과 다르게 황량함 그 자체였다. 문을 열어준 허리가 굽은 호노라는 노인 외에도 기척이 많지 않았다.

이가소는 어둑한 장원의 마당을 거침없이 가로지르더니

내실로 들어갔다. 중앙의 원형 탁자에는 은색면구의 인물들이 지도를 펴놓고 심각하게 바라보고 있었다.

"어때요?"

"살수들의 행적이 성내가 아니라, 외곽으로 퍼져 있습니다."

"외곽? 호노! 일단 우리 요원의 인적사항을 줘 보세요."

덜컥—

특수한 기관이 있는지, 문서들이 수시로 벽면의 틈으로 들어왔다. 귀신 같은 호노의 움직임과 더불어, 좀 특이한 곳이었다.

탁자에 펴진 넓은 지도와 각 보고서들을 곁눈질하던 이한은 한 곳에 집중했다.

이곳은 황도다. 아무리 이왕부가 막 나간다 해도 성내에서 대놓고 소란을 피울 수는 없다. 그렇다면 토끼몰이를 하듯 성으로 들어가는 길목을 차단하고, 한 방향으로 몰아간 것이 틀림없었다.

쫓기는 사람도 심리상, 숨을 곳이 많은 높은 산, 깊은 계곡을 선호하기 마련이다.

그렇다면!

"소오대산(小五大山)!"

이한의 갑작스런 목소리에 시선이 집중되었다. 설명을 들은 이가소가 고개를 끄덕였다.

“충분히 일리가 있어요. 살수들의 움직임이 점점 이쪽으로 몰리는 것 같아요.”

이가소는 새로운 보고서들을 펼쳐 놓으며, 지도 위로 손가락을 죽죽 그었다.

“맞아요. 소오대산! 휴우, 늦지 않았으면 좋겠는데. 장 아저씨! 철면대에 협조 요청 하고, 조장들에게 동창의 눈을 반대쪽으로 돌리라고 하세요. 최소한 내일까지는 버텨야 합니다. 먼저 갈 테니 뒤따라오세요.”

다급히 서두르는 이가소를 따라잡자니, 이한도 덩달아 마음이 급했다.

새벽 여명이 주위를 밝혀 올 때에야 소오대산 자락에 도착했다.

늦은 밤에 안가를 출발했으니, 두세 시진을 별로 쉬지도 못하고 경공을 펼친 셈이었다.

“하아… 하아… 여기서 잠시 쉬죠.”

이가소는 가쁜 숨을 내쉬며 주위를 둘러보았다. 이한도 심호흡을 하며 숨을 고르다 이가소를 쳐다보았다.

“그 요원이 암어라도 남겨 놓았을까요?”

이한은 산 위로 퍼져 있는 자작나무 군락을 바라보며 걱정스러워했다. 소오대산은 많은 계곡과 산등성이들이 줄줄이 이어져 있는 크고 높은 산이었다.

"그래야 하는데."

이가소도 자신할 수 없는 모양이었다.

"일단 가 봅시다. 한서왕부 살수들보다 우리가 먼저 찾게 되기를 바라야죠."

이한은 기원을 하는 듯, 잠시 하늘을 보다가 앞장서 올라가기 시작했다.

거의 한나절을 헤맸지만, 인적을 발견하지 못했다.

위쪽에 폭포가 있어 물소리가 경쾌하게 들리는 계곡으로 들어섰다.

"경치는 좋네."

혼잣말을 하던 이한은 주위를 둘러보며, 이가소가 올라오기를 기다렸다.

하얗게 몸부림치며 내려가는 물길 옆으로 바람을 막고 서있는 큰 바위 아래에 앉았다.

두 사람은 별말 없이, 물에 불린 육포를 깨작이며 씹었다. 성과가 없으니, 별 기운도 없었다.

"어젯밤부터 아무것도 못 먹었잖아요. 좀 먹어 두세요."

이가소는 말라 버린 육포를 다시 물에 불리러 일어나다가 멈칫했다.

"철면대!"

저것이 철면대의 신호일 줄이야! 사실 아까부터 낮은 새소리가 계속 들리고 있었다.

"강인후입니다."

중년이라기엔 아직 젊은 철면대의 조장이었다. 역시 얇은 철판의 면구가 얼굴을 가리고 있었다.

"삼적봉을 오르는 평원인 것 같습니다. 살수 수십 명이 그쪽을 막고 있습니다. 저희가 치면, 두 분은 그 틈에 평원으로 오르십시오."

청림의 무력조직이라더니, 철면대는 스무 명 정도의 인원으로도 곳곳에 은신한 살수들을 거칠게 몰아가고 있었다.

이한은 빠르게 솟구쳐 올랐다.

나무둥치에서 불쑥 튀어나오는 기형검을 막자마자, 수직으로 베어냈다. 깨끗하게 잘리는 느낌을 뒤로하고, 한 번 더 도약을 했다.

"허억."

살수들에게 좀처럼 듣기 힘든 소리를 들으며 도를 연달아 베어냈다. 뒤처져 있던 이가소가 새파란 날의 고검을 휘두르며 빠르게 스쳐 갔다.

터덕—

회절수로 잡아 거칠게 던진 살수가 땅바닥에 내려꽂혔다. 이한은 더 이상 다가오는 살수가 없자, 이가소를 급히 좇았다.

얼마쯤 갔을까?

"아!"

낮은 이가소의 탄식에, 이한의 시선도 반사적으로 돌아갔다.

늦었다!

백양나무들 사이에 가로 놓여있는 바위, 그 틈에 은신한 두 사람은 안력을 집중했다.

"아직도 못 찾았나?"

닦달하며 말하는 살수의 왼팔에 다섯 개의 흰 줄무늬가 있었다.

이미 죽은 듯 미동을 하지 않는 시체를 뒤지고 있었다.

이한은 이가소를 바라보았다. 굳은 눈빛으로 장내를 쏘아보고 있었다.

[어떻게 할까요?]

[숫자가 너무 많아요. 사건을 확대시켜 동창의 촉각에 걸리는 게, 더 최악이에요.]

몸은 경직되어 있었지만, 냉철함을 잃지 않고 있었다.

"찾은 것 같습니다."

살수는 시체의 옷을 거의 다 벗겨가다가 옆구리 살을 북

떼어 냈다.

정교한 인피에 연판장을 감추고 옆구리에 붙인 모양이었다.

세 장의 양피지로 된 연판장을 들고 확인하던 흰 줄무늬는 시체를 발로 차 버렸다.

일장이나 날아가 거꾸로 처박힌 시체를 보며 이를 갈았다.

"왕부의 대우가 섭섭지 않았거늘. 백 번 죽어 마땅한 놈."

몇 마디 욕을 더 하다가, 시체를 어떻게 하냐는 물음에 신경질적으로 돌아섰다.

"놔둬! 들개 밥이나 되게."

여기저기로 삐빅 하는 신호음이 퍼져가더니 살수들이 사라졌다.

"미안해요."

이가소는 젖은 목소리로 낮게 중얼거렸다.

주검을 정리하려는 이가소를 가로막고, 이한은 가만히 고개를 저었다.

"내가 하겠습니다."

야생화가 많이 피어 있는 곳에 봉분 없이 매장을 하고, 이가소와 함께 산을 내려가다 이한은 갑자기 멈췄다.

"이름 강정, 출생 하남 봉양, 나이 삼십오 세. 경력 청산학관 출신의 거인(擧人). 현 한서왕부 서기. 무력 청림에서 일양선지와 비학신법을 사사. 성격 다정다감. 일양선지의 대성을 위해 손가락 마디를 자를 정도로 독한 면도 있음."

이가소는 이한의 말이 끝나기가 무섭게 홱 돌아서며 위를 바라보다가, 급하게 자작나무 사이를 미끄러져 다시 산정으로 쏘아져 갔다.

다시 파낸 요원의 왼손을 주시하던 이가소는 검지를 조심스럽게 당겼다.

예상대로 손가락 마디 하나가 쉽게 빠져나왔다. 꼼꼼하게 말린 종이를 빼내 펼치며 이가소는 이한에게 가볍게 고개를 끄덕였다.

'산호수어정(山虎水魚亭).'

무슨 뜻인지 모를 다섯 글자가 있었다.

하지만 이가소의 표정은 확 밝아져 있었다.

잠룡관

북경지부로 갔던 호위대의 귀환은 조용히 이루어졌다.

"이번에 큰 공을 세웠다고?"

이한은 여장도 풀기 전에 단주인 정창명의 부름을 받았다.

[고마워요. 무림맹 지부에 조치는 취해 놨어요.]

그때만 해도, 이가소의 말이 정확히 무슨 뜻인지 몰랐다.

하지만 귀환일이 다 되어 지부에 복귀한 이한은 질책 대신 환대를 받았다. 재선당주 여어선이 은밀히 부르더니, 두둑한 전낭까지 찔러 주었다.

민간이 제조하는 무기류를 군부에 독점 납품하는 중경상단과 거래를 트게 되었다. 무림맹이 운영하는 철기공방에서 만든 제품을 받겠다는 연락이 왔다.

총관부에서 경비 자체 조달 계획의 일환으로 여러 번 시도했지만, 난항을 겪고 있던 일이었다. 그것이 이번에 해결된 것이다.

"제가 한 일이 뭐 있겠습니까? 문형이 신경 써 준 거지요."

"인맥도 실력이야. 일에 있어서는 서로 주고받아야 관계가 돈독해지는 법. 자네가 그만큼 줬으니 받은 거겠지."

정창명은 이한이 겸연쩍어할 정도로 칭찬을 했다.

"그래서 말인데… 자네도 갚아야지? 선물 하나는 약속이었으니 됐고, 나머지 하나는 갚을 때가 됐어."

정창명의 은근한 말에 이한은 문인로를 떠올리며, 고개를 끄덕였다.

"어떻게 할까요?"

"…사실은 내가 며칠째 기분이 '많이' 안 좋아."

'많이?'

강하게 발음한 '많이'에 이한은 의아했다. 자신이 아는 정창명은 능란한 처세로 남에게 싫은 소리를 하거나, 감정 표현을 직접적으로 하는 인물이 아니었다.

"자네가 황도에 있는 동안 비무 대회 규칙이 일부 변경됐네. 예상보다 많은 인원이 신청하는 통에 이제는 잠룡관을 통과해야 해."

본래 비무 대회 규칙은 맹원들의 단합을 목적으로 열리기 때문에 삼십 오세 이하로, 맹에 적을 둔 무사는 누구라도 참가신청을 할 수 있었다. 하지만 빠듯한 일정상 제한을 둔 모양이었다.

"아! 잠룡관요."

"이번에 손 좀 봤다는군. 이전보다 조금 어려워진 모양이야."

잠룡관은 초대 맹주 때 만들어진 수련관이었다.

하지만 낡은 방식의 수련이 별로 인기가 없자, 이제는 거의 유명무실해진 곳이다. 한때는 잠룡관을 통과하지 못하면, 간부급 무사로의 승진은 꿈도 못 꿀 때도 있었다.

"우리 단에서 다섯 명이 도전했는데, 아무도 통과를 못 했어. 맹의 많은 조직 중에 유일하게 우리만 통과자가 없단 말이야. 우리만!"

정창명은 생각만 해도 답답한지 식은 차를 단숨에 마셨다.

"요즘 수뇌부 회의에서 놀림감이 되고 있네. 이대로 가면 신설 조직으로, 앞으로의 위상에도 막대한 지장을 받게 될 거야."

듣고 보니 정창명의 기분이 이해가 되었다.

"통과자가 꽤 되나 보네요?"

"어제까지 오십오 명이네. 삼 일 후가 대회 시작이니 더 나오겠지. 아직 유력한 몇몇 후기지수들이 모습을 보이지 않고 있다고 하니까."

이한은 비무 대회 개최가 발표되자, 사실은 참가하고 싶었다. 하지만 지금은 순간의 공명심보다 차근차근 자신을 닦아 나가야 할 시기라 포기했었다.

하지만 정창명의 부탁을 끝까지 무시할 수는 없었다.

"잠룡관만 통과하면 되는 겁니까?"

"일단은 뭐 그렇지."

원로원의 숙소, 산채에서 조원들과 잠시 머물다가 공손추를 찾아갔다.

"그래서 잠룡관은 언제 갈 건데?"

"내일 가면 되지요. 모레부터 대회가 시작되니까."

공손추는 이한의 얼굴을 빤히 보다가 버럭 소리를 질렀다.

"야, 이놈아! 넌 잠룡관이 그리 만만해 보이냐? 근 한 달 동안 날고 긴다는 놈들이 오십몇밖에 통과 못 했다며?"

공손추의 말을 듣고 보니 잠룡관이라는 말만 들었지, 실상이 어떤지는 하나도 모르고 있다는 생각이 들었다.

정신이 번쩍 들면서 갑자기 초조해졌다.

"쯧쯧, 하는 짓 하고는. 호랑이도 토끼 한 마리 잡는데 전력을 다한다고 했거늘. 빨리 안 튀어가! 대회 끝나고 잠룡관을 나올래."

안 그래도 좌불안석이었던 이한은 급히 잠룡관이 있는 현운곡으로 뛰었다.

주위를 둘러볼 새도 없이 달려간 이한은 잠룡관이라는

붉은 글씨의 동굴 앞에 다다랐다.

입구 좌측 탁자에 두 명의 서기가 앉아 있었다. 서기들은 이한의 출현에 놀란 모양이었다.

"어! 누구…?"

"호위총단 이급호위대 사조의 이한이라고 합니다."

이급호위라는 말에 서기들은 서로의 얼굴을 쳐다보다가 픽 웃었다. 긴장을 일시에 푸는 모습이었다.

"너무 자신만만한 것 아닌가? 자네가 산매검 장일산 공자라도 되는 줄 아나?"

"산매검요?"

"이 사람아! 소림의 청무, 무당의 현도는 어제 들었고, 화산제일의 후기지수라는 장공자도 한참 전에 들어갔네."

사실 얼마 전까지 현운곡 일대에는 많은 사람들로 북적였다. 대회 시작이 가까울수록 속속 모습을 드러내는 강자들을 구경하기 위해서였다. 기존 통과자들은 평균적으로 삼사일에 걸쳐 잠룡관을 통과했다.

늦게 나타난다는 것은 그만큼 자신이 있다는 과시였다.

이한은 서기들이 웃은 이유를 알고는, 자신의 무지를 자책하면서도 은근히 오기가 생겼다.

"어쨌든 받게."

좌측의 서기가 이한의 직책과 이름을 적어 넣은 패를 내밀었다.

"출구로 나오면 우측에 있는 함에 그 패를 넣어야 하네. 아! 내일 유시가 끝나기 전까지 못 나오면 실격이니 열심히 해보게."

이한은 동굴로 완전히 들어갈 때까지, 자신에게 따라붙는 비웃음을 느껴야 했다.

조금 들어가자 넓은 공간이 나왔다.

다섯 개의 문이 모두 열려 있었다. 이 관에 도전자가 아무도 없다는 거다. 문안에는 바위를 깎아 다듬었는지 둥근 모양을 한 바위 덩이가 통로를 막고 있었다.

"역(力)관입니다. 바위를 밀고 통로를 따라가다 보면, 끝이 나옵니다."

조금 무성의해 보이는 잠룡관 안내 무사의 말을 뒤로하고 첫 번째 문으로 들어갔다.

그르륵—

이삼백 근은 족히 되어 보이는 바위를 밀어 움직이자, 뒤쪽으로 문이 닫히는 소리가 났다.

통로는 갈수록 오르막 경사를 이루고 있었다. 한식경을 가도 통로는 끝날 기미가 보이지 않았다.

기초체력과 정순하면서도 고른 내공의 안배를 요구하

는, 단순하지만 효율적인 관문이었다.

더불어 바위가 겨우 굴러갈 정도의 넓지 않은 경사진 통로를, 전력을 다해 가다 보면 답답함과 끝을 모르는 데서 오는 불안감도 이겨 내야 했다.

시간이 얼마나 지났는지 추측을 포기했다. 다른 방법이 없었다.

통로를 꽉 채운 바위를 들 수도, 부술 수도 없으니 그저 묵묵히 밀어 대는 수밖에 없었다.

갑자기 몸에서 느끼는 바위의 무게감이 급격히 높아졌다.

잘못하면 미끄러질 정도의 급경사였다.

"핫."

전신의 기를 집중해 바위를 지탱하고 밀어 올렸다. 열댓 걸음을 올랐을까 벅차다는 느낌이 왔다.

다시 한번 기합과 함께 바위를 밀어냈다.

텅 하는 소리와 함께 드디어 평평한 바닥 위로 올라설 수 있었다.

"휴우."

몇 번의 심호흡과 함께 들끓던 기혈이 진정되어 갔다.

"일관 통과!"

잠시 쉬고 싶었지만, 시간을 너무 많이 허비한 것 같아 도저히 지체 할 수가 없었다. 경이로운 눈으로 바라보는 판정관을 뒤로하고 다시 달렸다.

“경(輕)관. 통로를 그냥 지나가면 됩니다.”

세 개의 문중에 가운데로 들어간 이한은 피식 웃었다. 단순히 통로를 지나가면 된다는 것이 맞긴 맞았다.

막혀있는 동굴의 일장 높이에 한 사람이 통과할 수 있는 구멍이 나 있고, 생각보다 막혀 있는 부분의 구멍두께도 깊었다.

높이도 크기도 제각각인 수십 개의 구멍이 차례로 나타나며, 조금 지루한 반복을 계속했다.

아래로 경사가 진 것을 보아 최소한 올라왔던 만큼으로 내려가야 하는 모양이었다.

‘암월행(暗月行)을 익힌 게 천만다행이다.’

약간의 여유도 부리면서, 이장 높이의 좁은 구멍을 통과해 착지하려다 황급히 몸을 회전시켰다.

‘아휴.’

걸쳐 놓은 외줄 위에서 겨우 균형을 잡고 보니, 통로가 갑자기 뚝 끊어져 단애(斷崖)를 이루고 있었다. 건너편과 연결된 외줄을 따라가며 안도의 한숨을 쉬었다.

‘어쩐지 너무 단순하다 했어. 그래도 최소한 죽일 생각은 아니었네.’

떨어져도 죽지는 않도록 배려했는지, 삼장 정도 아래로

그물로 보이는 망이 쳐져 있었다.

"이관 통과했습니다."

"야아!"

자신도 모르게 감탄사가 터져 나왔다.

삼장 정도 길이의 원형 통로에 갖가지 모양의 철봉과 철구가 보였다. 바닥은 물론 천정과 양 벽면 곳곳에서 불규칙적으로 튀어나왔다 들어갔다 하며, 통로를 가득 채우고 있었다.

진 노인에게 기진과 더불어 기관도 배웠지만, 이렇게 정교한 실물은 처음 보았다. 시커먼 쇠뭉치들의 움직임을 유심히 살폈다. 기관을 설치한 사람에 대한 찬사는 찬사고, 우선은 통과할 방법을 찾아야 했다.

"철물을 부수면 탈락입니다. 한 번의 실수도 탈락입니다. 충분한 시간을 보낸 후에 움직이길 권합니다."

한참을 바라봐도 일정한 규칙성은 없었다. 충분한 시간도 없다. 그러면 직접 부딪치는 수밖에.

기우뚱하던 이한의 몸이 기관을 파고들자마자, 가슴께로 철구가 스쳐갔다.

틀어진 허리로 철봉이 튀어왔다. 바닥에서 튀어나온 철

봉을 피하기 위해, 몸을 살짝 띄웠다가 왼쪽 어깨에 한 방 맞을 뻔했다. 정통으로 맞았으면 탈골은 기본이었다.

일장도 채 지나지 못했는데, 이마에는 어느새 식은땀이 흐르고 있었다. 아슬아슬한 위기를 몇 번 겪고, 마지막으로 오른쪽 벽에서 튀어나온 철봉을 등 뒤로 흘리면서 기관을 벗어났다.

사관인 무(武)관의 마지막 통로를 막고 있던 철상은 오히려 쉬웠다.

오십이 개의 철상들이 팔방금로진(八方禁路陳)을 형성하고 있었다. 진의 움직임을 금방 파악한 이한은 철상의 몇 개만 건드리고 통과했다.

본래는 움직이는 철상을 규칙에 따라, 하나하나 충격을 가해 물러나게 해야 통과가 가능한 곳이었다.

문이 하나밖에 없는 오관은 입구부터 아무도 없었다.

문을 열고 들어서자 깨끗하게 정돈된 넓은 석실이었다. 지나온 어두컴컴한 통로와 다르게 여러 개의 등을 걸어 놓아 나름 밝았다.

"아! 이거 내가 제일 마지막인 줄 알았는데, 나보다 더 강심장인 분이 있을 줄은 몰랐소."

벽면 이곳저곳을 살피다가 이한이 들어오자, 놀란 음성으로 장일산이 다가왔다.

깨끗한 백색 도복의 소매에 다섯 개의 매화가 정교하게

수놓아져 있었다. 칠절매화검(七絶梅花劍)을 익힌 매화검수라는 표식이었다.

알려진 대로 아주 잘생긴 미남자였다. 서글서글해 보이는 눈매가 여자가 아니더라도, 한 번 더 쳐다볼 정도로 인상적이었다.

"통성명이라도 합시다. 화산의 장일산이오."

"호위총단 이급호위대의 이한입니다."

"하하하! 호위총단은 무슨 절세고수들만 있는 모양이오. 이형 같은 분이 이급호위라니."

"무슨 과찬을."

"나는 대충 둘러 봤으니 먼저 가겠소. 이형도 너무 오래 지체하지 말고 나오시오. 시간이 꽤 된 것 같으니까."

장일산이 통로로 나가자 이한은 석실의 벽면을 살피기 시작했다.

통로가 없는 벽면에 굵고 가는 실금들이 가득한 것을 제외하고, 특별한 것은 없었다.

아무리 봐도 의미를 찾을 수 없자, 통로로 걸음을 옮겼다. 몇 걸음 가다가 급히 벽으로 되돌아왔다.

'맞다! 나란봉의 낙뢰.'

이한은 불규칙하게 나있는 굵고 가는 금들을 정신없이 더듬어 가기 시작했다.

이한이 뛰다 못해 거의 날다시피 출구를 나오자, 막 함을 챙기려던 출구서기들이 놀라서 한 걸음씩 물러났다.

"아직 안 늦었지요?"

"그… 그렇긴 하네만."

"휴! 다행이다. 너무 지체해서 늦은 줄 알았습니다."

"어! 자네는… 헌데 어떻게?"

"허!"

이미 끝나 가는 시간이라, 입구서기들까지 와서 정리를 하고 있었다. 이한을 발견하고는 귀신을 본 표정이었다. 주춤거리며 눈을 떼지 못했다.

이한이 내미는 패를 받아 들고, 출구서기는 이해가 간다는 듯 고개를 끄덕였다.

"아무튼 수고했네. 며칠째 고생 했을 텐데, 빨리 가서 쉬게. 내일 첫 대진이 자네가 될 수도 있어."

그때 잠룡관 관리 무사들이 줄지어 동굴을 나오고 있었다. 이한을 지나치다가, 맨 끝의 중년 무사가 불쑥 말했다.

"오랜만에 잠룡관의 기록이 깨지나 했는데, 아까웠네."

비무 대회 (1)

본단에 보고를 하고 숙소에 누웠더니, 얼핏 잠이 올 것 같다가도 잠룡관의 실선들이 머리를 맴돌아 다녔다. 연무장으로 나가봐도 도를 휘두를 기분은 아니었다.

결국 나란봉에 오르고 말았다.

나란봉의 밤은 대별산을 포근한 어둠으로 덮고 있었다. 총총한 별들을 바라보며 한참을 있었더니, 마음이 많이 차분해졌다.

도를 가만히 내려 잡고 눈을 감았다. 희미하던 낙뢰의 심상이 점점 선명해져 갔다. 뚜렷해지는 낙뢰의 움직임에 잠룡관의 실선들이 엉켰다.

제멋대로 나가던 두 선들이 어느 순간 하나로 합쳐졌다가 갈라지기를 반복했다.

하나에서 갈라져 두 개, 세 개, 네 개….

결국 하나의 낙뢰가 무수하게 쪼개지며 심상의 공간으로 확 퍼져 나갔다. 도가 들려지며 낙뢰의 공간으로 일순간 빨리듯 들어갔다.

번쩍—

도를 타고 무수한 실선들이 낙뢰의 형상으로 불규칙하게 퍼져 나갔다. 어느 순간 공간 사이로 빛이 확 들어오며 정신이 들었다.

"후우, 훅."

이한은 도를 내려 그은 자세로 아주 급하게 숨을 몰아쉬며, 몸을 떨었다.

'뇌선(雷線)!'

그 굵고 가는 불규칙한 선들이, 어렵게 찾은 조화의 실마리가 만든 첫 결과물이었다.

이한이 도를 갈무리하자, 나란봉은 아무 일도 없었던 것처럼 평온을 되찾았다.

'응?'

짝, 짝, 짝—

손바닥을 마주치는 소리가 점점 가까워졌다.

"늦게까지 잠이 오지 않아 심란했는데, 이런 눈 호강을 하려고 그랬던 거였어."

청색에 남색 천을 덧붙여 멋을 낸 무복을 입고, 아무 장식이 없는 검을 든 통통한 중년의 미부가 날렵한 몸놀림으로 바위에 올라섰다.

“이보게! 일부러 보려던 것은 아니네. 이곳 공기가 너무 청명해 내려가기가 싫더라고. 약간 꾸물거리고 있던 참인데, 자네가 난데없이 도를 휘두른 거네.”

호들갑을 떨며 말하는 태가 귀엽다고 해야 할지, 수다스럽다고 해야 할지를 생각하다 이한은 가볍게 웃었다.

“괜찮습니다. 그런데 이 밤에 여기까지 오르신 분은 누구신지?”

“호호호, 그러는 멋진 무사님은 누구신가?”

“죄송합니다. 무림맹 백호 무사 이한이라고 합니다.”

아무리 봐도 맹의 인사는 아닌 것 같아, 맹 내 직급은 생략하고 소개했다.

“호오! 백호 무사.”

순간 의외라는 눈으로 바라보는 중년 미부의 시선을 넘어, 상대를 가늠하고 있던 이한도 적잖이 당황했다. 느껴지는 기도로 봐서는 감히 넘볼 수도 없는 경지였다.

맹과 밀접한 인물인 것은 확실한데. 누구지?

“혹시 검후님?”

“하핫, 그렇게도 불리지.”

이한의 어정쩡한 표정을 본 검후는 한 걸음 더 다가와 얼굴을 내밀었다.

“왜? 검후라니까 못 믿겠다는 표정인데?”

"예? 아니요. 그게… 예."

검후는 아주 대놓고 짜랑짜랑하게 웃어댔다.

"사실, 검후님은 아주 잘 벼려 놓은 검처럼 날카로우실 거라 생각했습니다."

이한은 진심으로 미안해하며 말했다.

"흐음! 예전엔 확실히 그랬어. 하지만 살다보니 세파에 모난 곳이 자꾸 깎이더니, 이렇게 둥글둥글 해지더만."

검후는 살집이 두툼한 자신의 허리를 검으로 툭툭 치고는, 바위 가장자리로 가서 대별산을 내려다보았다.

"흐아악! 정말 좋구나."

끝까지 호들갑을 떨더니, 순간 진지한 표정으로 이한을 돌아보았다.

"자네가 좋은 구경을 시켜 줬으니 보답은 해야겠고. 가진 게 없으니, 이거라도 한번 보게."

말이 끝나기가 무섭게 허공으로 몸을 띄웠다. 날개를 펼친 학처럼 우아하게 선회를 하더니, 마침내 검이 날기 시작했다.

꽃밭을 누비는 나비의 날갯짓마냥 하늘거리기도 하고, 미풍을 타고 흐르는 꽃잎의 팔랑거림처럼 유려하기도 했다.

이어지고 이어지는 수많은 우아한 곡선들이 잔상을 남기며 그려졌다.

충격이었다.

공간을 지배하는 방법은 강렬한 파괴만이 아니었다. 살살 간질이고, 유혹하고 이끌어가는 부드럽고 부드러운 이끌림도 있었다.

“아! 아!”

이한은 자신도 모르게 감탄사를 계속 토하고 있었다.

검으로 그려진 한 폭의 아름다운 그림이 나란봉의 밤을 너무나 화려하게 만들었다. 멍하니 보고 있는 이한 앞에 내려선 검후는 어느새 검을 갈무리했다.

이한의 성취가 어지간히 마음에 들었나 보다. 예정에 없던, 검무(劍舞)의 무리가 검후의 입에서 흘러나왔다.

“우리네 세상에는 강이 있어야 유가 존재 하고, 유가 있어야 강도 존재한다네. 다른 세상에는 그 구별이 조금 모호하지. 강도 유일 수 있고, 유도 강일 수 있더군. 또 다른 세상에는 그 구별이 더 모호하다는데, 뭐가 강인지 유인지 통 알 수가 없다 하더군….”

이한은 머리를 울리는 검무의 무리에 빠져, 외부로의 의식을 거의 차단하고 있었다.

둥둥— 두둥— 둥둥!

인산인해의 비무장에 대회의 개최를 알리는 북소리가

요란하게 울렸다.

본래는 맹원들만 참관하기로 했는데, 방성의 지현을 비롯한 유지들의 빗발치는 탄원에 방성에 거주하는 사람으로 한정해서 비무 대회를 개방하기로 했다.

급히 외성 바깥에 비무장을 새로 축조하느라 총관부에서 애를 먹었다는 후문도 있었다.

맹주의 덕담과 대회개시 선언이 있자, 장내는 요란한 함성으로 분위기가 달아오르기 시작했다. 총관 석장경이 내빈들과 맹의 수뇌부를 비롯한 다섯 명의 참관인과 네 명의 심판진을 소개했다.

심판진 대표인 철검객 여후량이 대회 규칙까지 설명하고 나자, 해가 벌써 중천에 떠 있었다.

비무장 한쪽에 위치한 호위총단석은 때 아닌 소동으로 어수선했다.

삼대주 석청이 사조 조장인 정우한을 닦달하고 있었다.

"정조장! 무슨 일을 이따위로 하는 건가? 정작 대회에 출전할 사람은 코빼기도 안 보이고, 어디 있는지도 모른다니. 뚫린 입이라고 막말을 해도 되는 건가?"

얼마나 화가 났는지, 얼굴까지 벌게져서 날뛰었다.

"이 사람, 석 대주! 보는 눈이 많네. 좀 진정하게. 다행히 출전순서가 열두 번째라서 오후 늦게 차례가 돌아올 거야. 그때까지는 나타나겠지."

보다 못한 일대주가 나서서 말리는 상황까지 갔다.

큰일이긴 했다.

호위총단의 유일한 대회 참가자인 이한의 행방을 아직까지 못 찾고 있었다.

잠룡관 통과자가 모두 육십이 명이라, 이틀 동안 이차에 걸친 예선을 치르게 되었다.

모두 열여섯 명이 가려지면 하루 휴식을 취하고, 삼일과 사일, 오일 차에 본격적인 본선이 벌어진다. 마지막 날 오전에 결승이 벌어지게 된다.

친선 비무인 관계로 사상자를 최소한으로 줄이고자, 승부가 결정 나면 바로 심판이 중지시키고, 반시진이 넘어가면 참관인들의 투표로 승자를 결정하기로 했다.

삼대주 석청이 애타게 찾는 이한은 그 시각에 나란봉을 내려와 비무장으로 오고 있었다.

밤새 소모한 심력으로 몸은 피곤했지만, 정신은 어느 때보다 맑았다.

"이런! 이 꼴이 뭔가? 뭘 했기에 이 모양이야?"

석청은 기가 막혀 하며 이한을 바라봤다.

땀 냄새가 배인 후줄근한 무복에 흐트러진 머리, 질질 끌다시피 들고 있는 도. 피곤에 절어 보이는 이한을 보면 석청이 아니라 누구라도 한 소리 할 만했다.

이런 몰골로 무림맹 비무 대회에 출전하러 오다니!

"하아."

길게 한 숨을 내쉬던 석청은 괜히 정우한 조장을 향해 역정을 냈다.

"뭐 하나? 빨리 뭐라도 좀 먹이고 쉬게 해. 곧 출전해야 한다고."

결국 정우한에게 비무장 구석으로 끌려갔다. 어디서 구해 왔는지 조원들이 줄줄이 음식을 들고 왔다.

"죄송합니다. 조장님!"

정우한은 만두를 급히 입에 구겨 넣으며 사죄를 하는 이한을 보면서, 고개를 절레절레 저었다.

"자네 때문에 때 아닌 생고생을 했네만, 자네 꼴을 보니 나보다 더했으면 더했지 못하지는 않아 보이네. 뭐라고 하면 내가 벌 받을 것 같아 그만둬야겠어. 먹으면서 잘 듣게! 자네 상대는 바로 정의단의 연한수일세. 많이 알려지지는 않았지만, 점창파에서 심혈을 기울였다는 소문이 있어. 분광검(分光劍)을 거의 극성으로 익힌 건 확실해. 쾌검이라는 건 알지? 흐음… 사일검(射日劍)까지는 잘 모르겠고."

정우한은 사일검 부근에서 장하선을 힐끔 보고 인상을 썼다. 장하선은 못 본 척 열심히 옆 동료에게 말을 거는 시늉을 하고 있었다.

"그렇다고 너무 긴장 하지 말고, 열심히만 해."

정우한은 격려의 말에 힘을 주었지만, 별다른 기대감은

느껴지지 않았다.

이한은 몰려오는 수마에 건성으로 대답하고 눈을 감았다. 갑자기 심신이 나른해지며 축 늘어졌다.

“쯧쯧, 단주도 안 됐어. 왜 그런 내기를 하셔 가지고.”

“그게 어쩔 수 없었다고 하더라. 수뇌 회의에서도 우리랑 마찬가지로 본선 진출자에 대해 내기를 했나 봐. 단주께서 이 호위가 본선까지는 꼭 진출할 거라고 하셨거든.”

“안 들어도 알겠다. 대부분이 비웃었겠지.”

“맞아! 그런데 열 받은 단주께서 폭탄 발언을 하신 거지. 우승까지는 몰라도, 최소한 네 명안에는 들 거라고. 사대전단 단주들이 앞장서서 야유를 했다는구만. 험한 말도 오갔다는데. 점잖은 우리 단주가 그럴 정도면 분위기 알겠지? 손목을 거네, 목을 거네 하다가 대군사의 중재로 그나마 이 정도가 됐다는 거지.”

“휘휴우! 아무리 그래도 은자 오십 냥이 적냐?”

“그래도 이기면 오십 냥 벌잖아.”

“야! 그게 가능한 일이면 우리가 이렇게 단주 걱정하고 있겠냐고.”

“하긴! 난 그래도 이 호위가 한 번이라도 이겨 줬으면 좋겠다. 다른 조직 놈들이 대놓고 우리 호위총단을 무시하는데, 단주 심정 이해가 되더라니까.”

비몽사몽 들리는 조원들의 이야기였다.

이한은 자신을 깨운 장하선을 따라 비틀하며 비무대 아래로 갔다. 막 비무가 끝나 장내 정리를 하고 있는 곳에, 대주 석청이 초조히 기다리고 있었다.

심판관 철검객 여후량이 자신을 호명하는 목소리가 아른아른하게 들렸다.

"너무 긴장하지 말고. 휴우… 알아서 해라. 빨리 올라가 봐."

석청이 자신의 어깨를 가볍게 두드리자, 이한은 살짝 웃어 주고 비무대에 올랐다.

건너편에서 올라온 연한수도 잔잔한 눈빛으로 이한을 보고 있었다. 비무 개시를 알리는 신호에도 서로를 탐색하고 있었다.

확실히 보통의 무사들과는 달랐다. 극한을 체험한 듯 고요한 눈빛에 이한도 감히 경시하지 못하고 상대에 집중했다.

연한수의 검이 순간적으로 번뜩였다.

'허초!'

다가온 만큼 빠르게 빠져나갔다. 다시 온다고 느낀 순간, 하나의 검기가 다섯으로 좍 갈라지며 전신의 대혈을 파고들고 있었다.

따다당—

이한의 도에 막힌 연한수가 거리를 유지하기 위해 물러섰다.

곧바로 치고 들어가는 이한으로 인해 두 사람 사이에서 연속적인 충돌음이 울렸다. 비무대를 돌며 한바탕 접전을 벌이다가 순간적으로 떨어졌다.

"저런! 쾌검수에게 또 거리를…."

석청은 안타까운 듯 두 주먹을 꽉 쥐었다 폈다 했다. 아무리 포기하고 있었어도, 긴장은 되는 모양이었다.

이한이 자리를 잡자마자, 벌써 목을 노리는 검기가 쏘아오고 있었다.

몸을 움직여 피할 틈이 없었다. 도를 횡으로 빠르게 그어갔다. 검이 부딪쳤다 싶은 순간, 연한수는 어느새 물러나 있었다. 쾌검에 버금가는 빠른 몸 놀림을 보여 주고 있었다.

잠시 물러났던 연한수의 검이 달라졌다. 빠르고 날렵했던 검세에 웅혼함이 담겨졌다.

'사일검법인가?'

이한은 전신의 기를 도에 집중시키며 가만히 내려잡았다.

한 발 내딛자, 검기가 쏘아져 왔다. 도에서 느껴지는 충격감이 확실히 묵직했다. 다가오는 검기를 연속적으로 쳐내며 거리를 좁혔다.

연한수는 더 이상 참지 못하겠는지, 내공을 집중시키고

검을 떨쳐 냈다.

사일검의 절초 후예사일(后羿射日)이었다. 빠르고 강맹한 검기가 휩쓸어 왔다.

연한수의 검기는 도가 그려내는 크고 작은 원에 막혀 튕겨 나갔다가, 한순간 불화살이 쏘아져 오는 듯 일직선으로 주욱 뻗어 왔다.

이한은 도를 가슴께로 끌어 올리고 검기 속으로 뛰어들었다. 기와 기의 부딪침이 만든 강렬한 파동이 마침내 퍽 소리를 내며 터져 버렸다.

일순 움직임이 멈췄다. 장내의 모든 시선이 한곳으로 몰렸다. 검을 늘어뜨리고 서 있는 연한수의 목젖에 이한의 도가 닿아 있었다.

"호위총단 이한 승."

여후량의 판정소리가 나자, 환호성과 탄식성이 교차하며 장내는 귀가 먹먹할 정도의 함성으로 뒤덮였다.

이한은 도를 갈무리하고, 뒤돌아서며 가볍게 안도의 한숨을 쉬었다. 힘의 조절이 조금만 늦었어도 목을 뚫을 뻔했다.

비무대를 걸으며 참관인석을 바라봤다.

검후가 웃고 있었다.

이한의 승리는 이번 비무 대회의 이변 중 하나로 꼽혀, 방성거리마다 운이다, 실력이다 하며 실랑이가 벌어졌다.

정작 본인은 삼대주 석청에 의해 숙소에 감금되다시피 잡혀 있었다. 식사는 물론이고 잡다한 수발을 다 들어 주는 바람에 오히려 불편했지만, 지은 죄가 있으니 어쩔 수 없었다.

비무 대회 이틀째 날이 밝자, 대주와 조장의 호위 아닌 호위를 받으며 일찌감치 비무장으로 나갔다.

오전에는 어제 못 치른 일차예선을 마저 치러야 했다. 오후에나 이차 예선이 시작되지만, 석청이 다른 참가자들의 비무를 봐 두는 게 좋다고 우겨서 서둘렀다.

"우아, 완전 잘생겼다."

"어제는 자네 덕에 대박이었어. 호위총단으로 술 단지 하나 보냈는데, 받았나? 어쩌든 오늘도 부탁하네."

"금홍루 함 놀러 와요. 공짜예요."

이런 적극적인 사람들이 생기면서, 호위총단석의 가장 구석으로 갔다. 몸은 관람석에 앉아 있었지만, 머릿속은 뇌선과 검후의 검무로 가득했다.

지금까지 다듬어 왔던 혈전도와는 또 다른 길. 끝없이 이어지고 이어지며 넘실대던 검무는 지금 떠올려도 경이

롭다.

무극이나, 조화나, 강이나 유나. 어느 화두를 잡느냐는 중요하지는 않았다. 무공이 끊임없는 구도의 과정이라 생각하면 결국은 같은 곳을 향해 가는, 같은 깨달음의 길이 아니겠는가!

이제 그 길 위에 막 올라선 느낌이다. 넘었다 생각했는데, 아직 벽을 향해 가고 있었던 것이다. 그리고 지금은 마른 우물을 억지로 퍼내고 있을지도 모른다.

하! 물이 찰 때까지 기다리다 보면, 답이 나오겠지.

결국 뇌선과 검무를 붙였다 떼었다 하던 심상을 멈췄다. 조급해 하던 욕심을 내려놓자, 마음이 편해졌다.

비무대에서는 이제 이차예선 첫 비무가 환호성과 함께 시작되고 있었다.

이한의 상대는 맹주부 호천대 소속의 천우익이었다. 얼마 전까지 맹주로 있던 장천(掌天) 예진광의 사손이었다.

사부인 철신장(鐵神掌) 예극성은 예진광의 장남으로 맹주부 부주로 있었다. 예진광이 은퇴를 결정하자, 부친을 모시고 본가인 천주산장(天柱山莊)으로 돌아갔다. 하지만 아직 맹에 끼치는 영향력은 컸다.

육척의 신장에 약간 통통해 보이는 천우익이지만, 전혀 둔해 보이지 않았다. 어깨에서 양 팔뚝으로 이어진 시커먼 무갑(武甲)을 착용하고 있어, 상대적으로 팔이 길어 보이기도 했다.

비무의 시작과 함께 강맹한 장법을 날려 왔다.

철인장(鐵印掌)이었다. 변화는 많이 없지만, 내치는 장이 거듭될수록 무거운 힘을 더해 가는 장법이었다.

우선 내공으로 약화시켜 놓고 승부를 볼모양이었다. 그만큼 내공에는 자신 있다는 것이다. 하지만 이한은 암월행으로 철인장의 힘을 분산시키고, 비켜 가며 효과적으로 막아 갔다.

공격의 효과가 줄어들자, 천우익은 사부인 철신장의 독문장법인 철환장(鐵丸掌)으로 곧바로 변화시켰다.

철우연환(鐵雨連環)의 초식이 펼쳐지자 장의 소나기가 이한을 난타해 갔다.

퍼버버벅—

이한의 대응방법도 변했다. 장의 소나기 속에서도 한 발 한 발 천우익을 연속으로 가르고 베어 갔다.

무갑과 도가 여러 번 부딪치면서 뭔가 터져 나가는 소리가 계속 비무대를 울렸다.

결국 우위를 점하지 못한 천우익이 먼저 결단을 내렸다.

팔을 모아 쭉 뻗어 내자, 무갑을 찬 팔이 주욱 늘어나는 것 같았다. 철환탄경(鐵丸彈鏡)이라는 초식이었다. 일단 이한을 떼 내려 했다.

답답한 기운이 가슴을 짓눌러오자, 이한은 도를 한 번 더 강하게 떨쳤지만, 도에 부딪친 장의 암경이 펵 소리와 함께 터져 나갔다. 빠르게 밀려났다.

'후우.'

이한은 암암리에 심호흡을 했다. 뭔가 마지막으로 향하는 느낌에 아껴 두었던 천단공의 기를 모조리 끌어모았다.

땀방울이 이마를 타고 흘러내렸다. 눈을 약간 움찔하는 사이에 천우익의 장이 여러 개의 손 그림자로 변하며 빙글 돌았다.

몸을 가릴 정도로 크게 돌던 손 형상들이, 회전의 가속으로 점점 작아지면서 무엇이든 꿰뚫어 버릴 것 같은 쐐기가 되어 쏘아왔다. 무서운 회전력이었다.

철추탄환(鐵錘彈丸)!

철환장의 최고 절초였다. 가까이에 왔을 때는 작게 뭉쳐져 돌고 있었다.

꽈각—

천단기를 담은 혈전도와 철추탄환이 정면으로 부딪쳤다.

이한은 휘청하는 허리를 겨우겨우 안정시키고, 강하게 밀어냈다. 조금씩 튕겨 난 도와 철환이 다시 맹렬히 충돌했다.

콰쾅—

폭음과 함께 비무대가 흔들렸다.

주르륵 밀려난 이한은 도를 내려 그은 자세로 멈춰 있었다. 울렁이는 속을 진정 시키려 애썼다. 하지만 손목에 통증이 오면서, 양팔까지 잘게 떨렸다.

“호위총단 이한 승!”

재빨리 두 사람 사이로 끼어든 여후량의 판정소리를 듣고서야, 가까스로 몸을 바로 세웠다.

천우익은 일장이나 밀려나, 비무대 끝 부근에 주저앉아 있었다. 내상을 입었는지, 일어서려고 몸을 세우다가 다시 비틀했다.

심판들과 대기하던 의원이 뛰어갔다.

이한도 석청과 정우한의 부축을 받으며 급히 비무장을 벗어났다.

호위총단 숙소 뒤뜰에서 공손추는 탕약을 달이면서, 허리를 툭툭 두드렸다.

이한을 들여다보고 나온 정창명이 근처에 와서 앉았다.

“거봐! 심력과 기력을 한꺼번에 너무 써서 탈진한 거라니까. 뭐 하러 굳이 확인을 해.”

"죄송합니다. 비무 때 보기엔 내상을 입었을 거라 생각했거든요."

"저놈에게 내상 입힐 놈은 몇 없어."

천단공에 대해 잘 모르는 정창명은 무슨 말인가 싶어 공손추를 바라보았다.

"하여튼 그렇게 알고 있어."

공손추가 입을 다물자 화제를 바꿨다.

"부상자가 많이 나오네요."

"혈기왕성한 젊은 애들인데 지고 싶겠어? 죽기 살기로 하는 거지."

"…그렇긴 하지만, 벌써 스무 명이 넘게 의약전에 있습니다. 특히 황보세가의 황보우철은 겨우 살아났습니다. 몇 년은 요양해야 한답니다."

"그러니 어쩌겠어. 이미 시작한 일인데."

십육 명의 본선 진출자가 가려졌다. 부상자가 많아지면서, 본선 진출자들을 소집해 과한 승부욕은 자제해 달라는 취지의 당부를 받았다.

숙소로 돌아오니, 공손추가 탕약을 들고 기다리고 있었다.

"한 방울도 남기지 말고 쭉 마셔. 네놈이 이름도 들어보지 못한 귀한 약재를 넣은 거야.”

“저 이제 괜찮습니다.”

“이놈아! 정신이든 육체든 한계를 넘어 사용하면 뒤탈이 꼭 생겨. 챙길 수 있을 때 챙겨 놔야 돼.”

탕약을 마시고, 공손추의 강압에 할 수없이 도를 풀어놓았다.

본격적인 본선이 시작되는 비무 대회 삼 일차는 여덟 번의 비무가 있을 예정이었다.

대진표를 보러갔던 석청이 잔뜩 심각한 얼굴로 돌아왔다.

“아주 강한 상대입니까?”

정우한을 향해 고개를 끄덕이다가, 이한에게 대진표를 건넸다. 일곱 번째에 출전이었다. 이한은 별말 없이 대진표를 정우한에게 넘겼다.

“진무단 당철진. 억! 그 당문삼호(唐門三虎)?”

“당문삼호 중 둘째지. 암기의 천재로 알려져 있네. 당문 최고의 암기수법이라는 만천화우를 이십대 초반부터 익히기 시작했다는군. 최고로 애용하는 수법은 추혼비접(追魂飛蝶)이라고 알려지긴 했는데, 워낙 속을 감추는 집안이라 또 뭘 익혔는지는 잘 모르지. 일차 전에서는 곤륜의 이하용을 단혼사(斷魂死)와 연미표(燕尾標)만으로 이겼어."

"햐! 상당히 까다로운 상대가 걸렸네요."

정우한은 걱정스러운 듯 대진표를 다시 한번 확인했다.

일곱 번째 비무를 앞두고 비무대가 분주했다.

암기가 특기인 당철진 때문이었다. 비무대 밖으로 암기가 벗어날 것을 대비해 심판진 네 명이 사방으로 배치되었고, 맹의 고수들이 관람석과 내빈석을 방비하고 있었다.

천천히 비무대로 올라오는 당철진은 의외로 호리호리한 몸매였다. 손을 덮은 소매 단이 색동으로 조각되어 있는 특이한 무복을 입고 있었다.

여유로운 모습으로 자기 자리로 가더니, 고개를 약간 숙이고 바닥을 내려다보고 있었다.

상대를 무시하는 것인지 집중을 위한 버릇인지 알 수는 없지만, 무례해 보이기는 했다.

비무시작을 알리자마자, 세 개의 연미표(燕尾標)가 바닥을 스치며 깔려 오다가 유연하게 회전하며 쏘아 왔다. 이한을 지나쳤던 연미표가 다시 회선하며 돌아갔다.

자리에 선 채, 가볍게 연미표를 피하는 모습을 보고 당철진의 눈이 반짝했다. 그때부터 시작이었다. 갖가지 암기가 날았다. 튕겨난 암기도 다시 날아들었다.

타당— 팅—

둘 다 자리를 지킨 채, 던지고 막는 공방이 진행되었다.

당사자들도 당사자들이지만, 구경하는 입장에서도 긴장으로 장내가 조용했다.

이한이 암기에 적응하며 조금씩 간격을 좁히자, 당철진을 위협하는 도기가 점점 늘어났다. 손과 발을 어지럽히던 암기들 사이로 결국은 나비 한 마리가 떴다.

'추혼비접(追魂飛蝶)!'

한 마리씩 날아오르더니 세 마리가 이한의 주위를 맴돌았다. 비접들은 도풍을 타고 흐르거나 비켜나며, 집요하게 요혈을 노리고 다가왔다.

이한의 도가 비접의 접근을 막기 위해 바쁠 수밖에 없었다.

비접을 떼 내지 못하고 있는 이한이나, 비접을 움직이는 당철진이나 어렵기는 매 한 가지였다.

보이지는 않아도 두 사람 사이에는 팽팽한 기의 흐름이 엉겨 있었다. 이대로는 불리할 것이 분명했다. 이한의 눈빛이 차분히 가라앉았다.

도가 파르르 떨렸다. 이내 번뜩이는 도광이 허공에 새겨지더니, 불규칙한 선들이 확 펴졌다가 사라졌다.

순간 당철진은 세 걸음이나 물러나 중심을 잡았다.

이한도 한 걸음을 크게 물러나 여러 번 심호흡했다. 아직도 뇌선을 펼치면, 기의 응집이 원활하지 않아 약간 무리가 갔다.

세 마리의 비접이 정확히 반으로 갈라져 비무대를 뒹굴고 있었다. 비무장 여기저기서 탄성이 터져 나오자, 당철진의 안색이 급격하게 싸늘해졌다.

당문 역사상 추혼비접이 패한 적은 많아도, 이렇게 다 부서진 경우는 거의 없었다. 더구나 자신보다 나이도 어린 것 같은 무명 소졸에게. 자존심도 같이 깨져 버렸다.

당철진은 양손을 소매로 집어넣어 완전히 감췄다.

발을 적당히 벌리고 서서 상체를 앞으로 약간 숙이자, 몸 주위의 기류가 급격히 일렁이며 팽팽하게 당겨졌다.

"저런!

"만천화우(滿天花雨)다!"

"아!"

맹의 수뇌부 몇 명이 벌떡 몸을 일으켰다. 비무 중에 간간이 의견을 교환하던 참관인석도 아연 긴장감으로 굳어졌다.

최고의 암기수법이라 공인된 만천화우는 너무 위험한 수법이었다.

당문에서도 위급 시가 아니면 사용하길 꺼렸다. 하물며 이런 친선비무에 사용하는 것에 놀란 것이었다. 물론 사용하지 말라는 규정은 없다.

당철진의 손이 보였다 싶은 순간, 이한은 순간적으로 황홀경에 빠졌다. 총총하다 못해 빼곡한 별들이 자신에게 일제히 쏟아져 내려오고 있었다.

일어서 있던 정창명은 한 손으로 이마를 짚었고, 석청은 아예 몸을 돌렸다.

홀린 듯, 움직이지 못하던 이한의 몸이 부드럽게 돌고 돌았다. 몸을 따라 돌아가던 도신이 팔랑거리며 암기들 속으로 파고들었다.

일부는 튕겨 가고, 일부는 스쳐 가고, 일부는 도신을 따라 유영했다. 일렁대는 기류의 움직임을 따라 순응하는 암기가 하나씩 늘어났다.

검후의 검무(劍舞)가 도로 구현되고 있었다.

우아하고 유려한 검무와 비교해 절제되고 간결한 움직임이 많았지만, 검무나 도무나 보는 이의 탄성을 자아내게 하기는 마찬가지였다.

시간이 지나자, 춤사위를 따라 암기들이 일정한 흐름을 타기 시작했다.

내빈석에 앉아 있던 검후의 제자, 백이연이 외마디 탄성을 내며 일어난 후, 누군가 비무장의 시간을 멈춰 버린 듯 아무도 움직이지 않았다.

우아하게 돌고 감싸는 도신을 따라 반짝이는 별무리가 굼실거리며 따라왔다. 종래에는 도를 중심으로 커다란 원을 그리며 돌기 시작했다.

"커억."

당철진이 피를 토하며 뒤로 넘어갔다. 수많은 암기들이 힘을 잃고 우수수 떨어져 내렸다.

"호… 호위총단 이한 승."

여후량의 판정에도 관람석은 잠시 조용했다. 이한이 도를 들어 당철진을 가리키자, 여후량이 뛰어갔다.

그제야 비무장의 시간이 제대로 작동하기 시작했다. 광분에 가까운 함성 속에 이한이 비무대를 내려오자 석청이 뛰어왔다.

"자네! 이 호위 맞지…?"

〈『무림맹 무사가 되었다』 2권에 계속〉